ダサいモブ令嬢に転生して
猫を救ったら
鉄仮面公爵様に溺愛されました

CHARACTERS
セリーヌ・ド・ラルミナル
乙女ゲームの悪役令嬢の取り巻きモブに転生した、猫大好きな伯爵令嬢。
リュオ
セリーヌの飼い猫。食いしん坊。
レティ
マクシムの飼い猫。グレイが好き。
マクシム・フォン・レイヤー
攻略対象者。「鉄仮面公爵様」の異名を持つ。セリーヌを溺愛。

クリス殿下
ドロテアの婚約者。
別名「俺様殿下」。
リチャード
セリーヌの執事。
口が悪いが有能。
ドロテア・フォン・デルベ
悪役令嬢だが、
セリーヌに心酔している。
トラ
保護猫カフェの猫。
やんちゃ。
グレイ
保護猫カフェの猫。
レティが好き。
アリス・ド・マーベル
乙女ゲームのヒロイン。
すごく気が強い。

目次

ダサいモブ令嬢に転生して
猫を救ったら
鉄仮面公爵様に溺愛されました

第一章　ダサいモブ令嬢に転生しちゃいました⁉

「んん」

眩しい……朝？

重い瞼を開け、真っ先に目に入ってきたのは見慣れない天井。

あれ？　私は確か、車に轢《ひ》かれそうになっていた猫を助けようとして車道に飛び出したはず。

ってことは、ここは病院？

身体を起こして周りを見回すと、小さいシャンデリア、天蓋付きのベッド、鏡台……

なんだか、病室というより貴族のお屋敷にでも迷い込んだような煌びやかな部屋。

「ここは……どこ？」

あれ？　なんか声が変。

それにさっきから見えている手もいつもと違う気が。

ん？　この髪は……あ、赤毛⁉

髪色が気になり慌てて部屋の隅にあった鏡台の前まで行くと、そこに映っている姿に愕然とした。

「え⁉」

癖のある赤毛に茶色い瞳。

コケシ……いや、純日本人顔だった私とはかけ離れた容姿。

「どういうこと⁉」

その時、頭にガンッと殴られたような衝撃が走った。

「うっ⁉」

痛い‼　頭が……割れそう‼

思わずその場にしゃがみ込むと、大量の情報が流れ込んできた。

どの情報も、私の知らないことばかり。

もしかして、この身体の持ち主の記憶⁉

額を押さえつつヨロリと立ち上がり、再び鏡を見つめる。

そうだ。この容姿、見覚えがある。

「ま、まさか」

昨日買ってきた乙女ゲームのパッケージに載っていた悪役令嬢の取り巻きにそっくりじゃない⁉

「嘘、そんなことって……」

いやいやいや、落ち着け。落ち着くんだ。

一先《ひとま》ずそこのソファにでも座って、思考を整理することにしよう。

「ふぅ」

ああ、これってあれ？

ラノベで読んだことのある異世界転生ってやつ？

こうなったのって、まさか――あの事故が原因なの⁉

目を覚ます前の私は、千葉生まれの東京育ち。ポジティブを絵に描いたような両親と目に入れても痛くないくらい溺愛している愛猫とともに育った、生粋の日本人だった。

コケシそっくりの薄い地味顔にちんちくりんの体型。容姿には恵まれなかったが、両親からは「女は愛嬌があれば大丈夫！　ポジティブに生きるのよ！」とよく分からない持論で育てられたため、性格は明るく育ったと思う。

学生時代はお笑いポジションにつくことが多かった私は、友達にも恵まれた。

頭も決して良いとは言えなかったが、そこは人脈の力でどうにかなった。……まぁ、もっともらしいことを言っておきながら、頭のいい友達からノートやらテストの山やら、諸々の情報を横流ししてもらって「試験」「テスト」という名のピンチを乗り切っただけなのだが。うん、やはり持つべきものは友である。

お陰でそこそこの大学にも受かり、卒業後はそこそこ知名度のある企業の内定を勝ち取り、事務職として働き充実した日々を送っていた。

――ぱっと見は順調な人生に思えるかもしれない。しかし、私には「残念な容姿」という問題があった。

メイクやファッションを頑張ってみたものの限界があった。元々の顔面や骨格は、大がかりな整形でもしない限り変わらないのだ。

そのためずっと容姿に自信が持てず、恋愛なんて美男美女たちのすることだと諦めていた。いつしか私は恋愛経験値ゼロのアラサーとして、喪女道を爆走していた。

そんな私には同じ境遇の友達が多数いたのだが、ある日その友達の一人が、興奮した様子でとあるゲームを薦めてきた。

それは乙女ゲームという、イケメンたちがチヤホヤしてくれる夢のようなゲームだった。リアルでは敬遠してきた恋愛のドキドキや、溺愛してくれるイケメンたちの甘いセリフは、仕事で疲れた心を驚くほど癒してくれた。私はすっかり乙女ゲームにハマってしまったのだ。

その日以来、乙女ゲームにどっぷり浸かる日々を過ごしていたのだが、ある日とても気になる新作の情報を入手した。

事前公開のストーリーは中世ヨーロッパ風の学園が舞台のごくありふれたものだったが、攻略キャラの一人が非常にツボだったのだ。私は、発売日にそのゲームを買いに行った。

ソフトを無事に購入しプレイを楽しみにしながらルンルン気分で自宅を目指していると、目の前で野良猫が車道に飛び出した。

「危ない！」

自宅で猫を飼っている猫愛好家の私の身体は、咄嗟《とっさ》に動いてしまった。

猫を車道脇に追いやり自分も逃げようとしたが、間に合わなかったようだ。

ドンッと身体に強い衝撃が走った。

――それから目覚めてみたら、この姿になっていた。

(たぶん、あの時私は死んだのだろう)

前世のオタク知識で推察すると、死んで魂だけになった私は異世界転生を果たした、と考えられる。

そうなると、きっと前世の世界に私の居場所はもうどこにもなく、家族の元には帰れないということだろう。

（家族にも愛猫のみーちゃんにも会えず日本にも戻れないのは悲しい。せめて、別れの挨拶くらいしたかった）

大好きな両親と愛猫の顔を思い出し、悲しみに沈みそうになったが、そこでふっとお母さんの言葉を思い出した。

（そうだ、お母さんはいつも言っていた。「前を向いて一生懸命生きていれば、必ずいいことがある」って）

お母さんは不器用なところが多かったけど、何に対しても一生懸命な人だった。

そんなひたむきな姿が可愛いと、お父さんはいつも惚気《のろけ》ていたっけ。

（ポジティブ思考はお母さんからの大切な教え。後ろ向きな気持ちのまま生きていたらきっとお母さんは悲しむわ）

そうだ。どんなに嘆いても現状は変わらない。

頭をブンブンと振って、両手でパァン！　と両頬を叩いた。

あ、これ、私流の気合い注入法ね。

（つしゃー!!　私、負けない!!　お父さん、お母さん、みーちゃん、私、この世界でも立派に生き抜いてみせる!!）

そうと決まれば腹を括って、まずは今の私が置かれている状況を整理することにした。

先ほど流れ込んできた記憶から、現在の私の名前は「セリーヌ・ド・ラルミナル」というらしい。

ここ、ユーラグナ王国のラルミナル伯爵家の娘として産まれ、貴族としての教育を受けて育ってきた。

現在十四歳で、来年からは王立学園に通う予定である。

ん？　来年から王立学園に入学？

確かゲームの舞台は学園で、そこでヒロインが攻略対象者たちと恋愛の駆け引きをする、といった設定だったはずだ。

（ってことは、まだゲームは始まっていないのかな？）

目の前の鏡に映る己の姿を改めて眺めてみる。

ヒョロっとした長身に癖のある赤毛、スッとした鼻筋に涼しげな目元が印象的な顔立ちだ。

まだ十四歳にもかかわらず、切れ長な目元のせいか大人びた印象を受ける。

男ウケするような可愛らしい顔立ちではないが、クールビューティー的な美人、といったところだろうか。

うむ、前世より顔面偏差値が格段に上がっているではないか！　悪くない!!

しかし、このドレス……

プリンセスラインのドレスにはレースやリボンがふんだんに使われ、パッションピンクのドギツイ色で目がチカチカする。

はっきり言って、めっちゃダサい！

（この手の容姿なら、身体のラインに沿った大人っぽいデザインの方が似合うのに）

ああ、思い出した。

セリーヌは大きい目や可愛い顔立ちに憧れていて、切れ長の目やクールな顔立ちにコンプレックスを持っていたんだ。

それで、少しでも可愛く見せようと、フリフリなデザインのドレスを着ていたんだっけ。

（うーん、気持ちは分からなくもないけど、これじゃあせっかくの素材が台無しだわ。セリーヌにはセリーヌのよさがあるのだから、もっと自分に似合うものを選ぶべきよ）

しかもセリーヌは父親譲りで背が高く、ヒールを履くと女性の集団では頭一つ飛び出してしまう。変に目立ってしまうし、男性より身長が高いとダンスの時に格好がつかないこともあり、そこにもセリーヌはコンプレックスを抱いていたようだ。

少しでも小さく見えるように、猫背になり、子供っぽいぺったんこ靴を履いて過ごしていた。

前世がちびっ子でがっしり体型だった私からしたら、なんて羨ましい悩み！

（モデルみたいな長身スレンダーボディを持っているのに、これでは勿体ない！）

ドブスとして生まれた私だったが、「可愛いは作れる！」というポジティブ思考で、ドブスからブスくらいには見せようと涙ぐましい努力をしてきた。

その私からしてみたら、この身体や顔立ちはまさに天からの恵み!!

（前世で助けたあの猫様が、容姿をグレードアップさせてくれたのかな？）

……しかし、せっかく乙女ゲームに転生するなら、ヒロインがよかったな。

よりによって、プレイしたことのない乙女ゲームの、名もなきモブ令嬢が転生先とは。

（まぁ、でも、断罪とかゲームの選択肢とかあまり考えなくてもいいから気楽ではあるよね）

乙女ゲームの世界では、悪役令嬢はヒロインや攻略対象者に断罪されて悲しい結末を迎えることが多い。それに、ゲームの展開によってはヒロインも悲しい結末を迎える場合がある。

悪役令嬢の巻き添えさえ避ければ、破滅の可能性が少ない役回りに転生しただけマシとも言える。

（よし！　お気楽ポジションに転生できたのなら、ゲームのストーリーは無視して思う存分この世界を満喫しようではないか！）

私は今日から、セリーヌ・ド・ラルミナルとして生きていく決心を固めた。

（さて、そうと決まれば、まずはこのドレスをどうにかしなければ）

そういえば、乙女ゲームのパッケージにいたセリーヌも、似合いもしない、まるで子供のお遊戯会にでも着ていくようなピンクのフリフリドレスを身に着けていたっけ。

（なんとなく嫌な予感はするけど、とりあえずクローゼットの中を見てみるか）

クローゼットの扉を開くと、一面ピンク、ピンク、ピンク。

（って、なんじゃあ！　このピンクだらけの衣装たちは!!）

そういえばこの部屋にもやたらとピンク色が使われている。

どんだけピンク好きなのよ、セリーヌ!?

（ああ、そうか！　幼少の頃、ピンクの服を着ていた時に可愛いと言われたことがあったから、そ

れ以降ピンク色ばかり好んで着ていたんだっけ）

セリーヌは今でこそ美しく成長したが、この世界では、特に幼い女の子はセリーヌが憧れていたような、目の大きい可愛い系の顔立ちが好まれる傾向にある。幼いセリーヌは、周囲から受ける扱いに自分と他の子で差があることを肌で感じていた。

両親はセリーヌを大切に育ててくれたし、容姿についても特段口にするようなことはなかったが、それでも外へ出れば周囲の目に晒される。

セリーヌは貴族の令嬢として生まれてきた。貴族社会では、あらゆる場面でお互いの価値を競う傾向がある。そのためお茶会など社交の場で、子供の容姿についてマウントをとるような親も存在する。

そんな環境で傷付かないように、両親はセリーヌのことを守り育ててくれたが、底意地の悪い輩というのはどの世界にもいるものだ。

「可愛くない」「男顔」そんな心無い言葉を隠れて浴びせる子もいたし、「ドレス着た男の子なんて気持ち悪い。男の子とは遊べない」などと仲間外れにされることもあった。

そんな中、たまたまピンク色の子供用ドレスを着てお母様とお茶会に参加した時に、同年代の男の子に可愛いと褒められたことをセリーヌはずっと覚えていたのだ。

たった一言の「可愛い」という言葉で、ずっと抱いていた劣等感や疎外感、そして孤独感……そういった心の奥に溜めていた負の感情が洗われるような気がした。

一人の女の子として認めてもらえたということが嬉しくて、それだけで今まで受けてきたひどい扱いなど吹き飛んでしまうような気持ちになった。

そして、キラキラした深緑の瞳に真っすぐ見つめられ、私は一瞬でその男の子に恋をしたのだ。

名前も知らないその男の子とはそれ以降会うことはなかったが、いつか会えた時に可愛い自分でありたい……そんな乙女心から、その男の子が可愛いと言った当時の服装に強い拘りを持ってしまったのだ。

(うん、気持ちは痛いほど分かるけど、これは流石にやりすぎでしょ)

セリーヌはただ可愛くなりたい一心だったのだろうが、このクローゼットの中身はあまりに酷すぎる。

(とりあえず、ピンク色以外の服を探そう)

目がチカチカする衣装たちを掻き分けていると、落ち着いた色合いのドレスが何着か奥から出てきた。

きっとセリーヌ以外の誰かが選んだのだろうが、フリフリピンクなドレスばかり好んでいたセリーヌは、これらは着ないからとクローゼットの奥にしまい込んでいたのだろう。

その中でも比較的装飾の少ないシックなドレスを探し出して鏡の前で当てていると、コンコンッと扉を叩く音が聞こえた。

「お嬢様、おはようございます」

(あ、この声は侍女のノアね)

「おはよう、ノア」

私の声を聞いたノアは扉を開けると、驚いたような表情を浮かべた。

「お嬢様、そのドレスは……？」

「え？　ああ、いつもピンク色のドレスばかり着ていたから、違う色を着たくなったの」

すると、ノアは目を見開いてその場で固まってしまった。

あれ？　私、なんか変なことを言ったかな？

「お嬢様がそんなことを言い出すなんて！　はっ、まさかお身体の具合でも悪いのですか⁉」

いやいやいや、ちょっと待て！

何故そんな発言になる⁉

待って、医者を呼びに行こうとしないで⁉

「ノア、落ち着いて！　私は至って健康よ」

「ですが、いつもはピンク色のドレスでないと部屋から出たくないとおっしゃるお嬢様が、他の色のドレスを当てていらっしゃるなんて」

セリーヌのピンク色依存は重度だったようだ。

(ここまで徹底的にピンク色ばかりだと、日本の某有名人を思い出すわ)

うん、林家〇ー子的な……ね。

いやいや、そんなことよりまずはノアを説得しなければ。

「ノア、私気づいたの。私の容姿にはフリフリピンクなドレスより、もっとシックなデザインのドレスが似合うってことに」

すると、ノアの見開いた目から大粒の涙がこぼれ落ちた。

「お嬢様……!!　ようやく！　ようやく、ご自身の魅力に気づかれたのですね!?」

このドレスはもしかしてノアが選んだものだったのかしら。

ってことは、ノアはずっとセリーヌのダサいセンスに悩まされてきたのか。

ああ、ノア、今までごめん。

(確かにセリーヌの記憶を辿ると、ノアはさりげなくピンク以外のドレスも似合うとか、大人っぽいデザインも素敵とか言っていたな。それを可愛くなりたい一心で迷走していたセリーヌは聞き入れて来なかったのか)

ぼんやりそんなことを考えていると、ノアは涙を流したまま「奥様にもご報告しなければ！　奥様ーー！」と部屋を飛び出して、お母様を呼びに行ってしまった。

「え！　ノア!?　ちょ、ちょっと!!」

ああ、どうしよう、行ってしまった。

一人ポツンと取り残された私は、はぁ、と深いため息を吐いた。

ノアはすぐにお母様を連れて戻ってきた。

「セリーヌ！　貴女、ノアにピンク色以外のドレスを着たいと言ったって本当なの!?」

ああ、お母様もセリーヌのセンスの悪さを心配していたのね。

ってことは、このドレスはきっとノアとお母様で用意したものだったのだろう。

「え、ええ。お母様、私は今までどうかしていました。お母様は私を心配して助言してくださったのに、聞く耳を持たずに申し訳ありませんでした。これからは自分に似合った服を着ることにいたしますわ」

私の言葉を聞いたお母様は急に涙目になり、感極まった様子で私を抱き締めた。

「セリーヌ！　ああ、こんな日が来るなんて、お母様は嬉しい!!」

お母様の華奢な腕からは想像もつかないような力で抱き締められ、骨がミシミシと軋む。

(痛い痛い痛い痛い！)

「うぐっ！　お、お母様、落ち着いて……！」

「ああ!?　ごめんなさい、セリーヌ！　嬉しくてつい！」

お母様はぱっと離れると、満面の笑みを浮かべて私を見つめてきた。

「セリーヌ、これからは貴女に似合ったものを着ましょうね。ああ、そうだわ！　これから一緒にドレスを買いに行きましょう！　それと、貴女の気が変わらないうちに今あるドレスは処分しましょう」

(ええっ！　この大量のドレスを処分しちゃうの!?　勿体ない!!)

前世はお世辞にも裕福とは言い難い家庭で育った私は、ものを捨てることに抵抗があった。

正確には『リサイクルなどで金になるものをそのまま捨てることに抵抗がある』と言うべきか。

(このドレスを古着として売れば絶対いい金額になるわ!!　ここはお母様に任せたらいけない！)

「お母様、このドレスの処分は私がいたしますわ。ですから、どうかお母様はお気になさらずに」

私の言葉を聞いたお母様の表情は途端に曇った。

あ、もしかしてドレスを処分しないで取っておくと誤解しているのかしら。

「お母様、ご安心ください。このドレスたちは必ず処分いたしますわ」

「その言葉は本当かしら」

「ええ、約束いたします」

お母様の表情はまだ曇り気味だが、これ以上しつこく追及してセリーヌの気が変わると困ると思ったのだろう。

渋々といった様子で了承した。

「貴女の言葉を信じるわ。早めに処分して頂戴ね。可能な限り、早めにね」

(早めに、を二度も言ったわね。よっぽどこのドレスを処分してもらいたいのね)

「はい、お母様」

お母様は私の選んだドレスに目を向け、再び口を開いた。

「一先《ひとま》ずそのドレスを着て、朝食が済んだら早速新しいドレスを買いに行きましょう」

私がこくりと頷くと、すかさずノアが「ではお着替えのお手伝いをいたします。ささ、こちらへどうぞ!」と動き出した。

ノアの補助でAラインのシンプルなドレスに着替えた私は、早速食堂に顔を出した。

すでに席に着いていたお父様とお母様は私の姿を目にした途端、まるで長年の憑き物が取れたような晴れやかな笑みを浮かべた。

先ほどあの場にいなかったお父様も笑顔だということは、お母様から全て事情を聞いたのだろう。

「おお、セリーヌ！　見違えたぞ!!」

「まぁ、セリーヌ！　貴女はそのデザインの方が断然似合っているわ！」

「お父様、お母様、お待たせいたしました。お褒めいただきありがとうございます」

貴族らしく丁寧なお辞儀をして席に着いた。

おお!?　朝から生ハムが出るとは、前世の質素な食事とは比べものにならないくらい贅沢な朝食！

「ああ、今日は朝から気分が良いな。美味い酒でも飲みたいぞ」

「貴方、今日は公務がおありでしょう？」

お母様にギロリと睨まれたお父様は慌てた様子で弁明した。

「それはもちろん分かっているよ。冗談だ。酒は帰ってからの楽しみにする予定だ」

「それなら良いですが。セリーヌ、貴女は食事を終えたらお母様とドレスショップに出かけるからそのつもりでいて頂戴ね」

「はい、お母様」

ああ、生ハム美味しい。

美味しい食事に舌鼓を打ちつつ、お母様に返事をした。

食事を終えた私たちは、街までやってきた。

「さぁ、着きましたよ」

ここは貴族御用達のドレスショップ。

ショーウィンドウには色とりどりのドレスが飾られている。

私たちに同行していたノアが入り口で名前を伝えると、ドアマンが店内へと案内してくれた。

(わぁ、凄い数のドレス)

店内にあるドレスの数に圧倒されていると、奥から店主のポンフィット夫人が、助手らしき女性たちを従えてやってきた。

「ラルミナル伯爵夫人、本日はご来店いただきましてありがとうございます」

「ポンフィット夫人、ご機嫌よう」

「本日はお嬢様のドレスをご所望と伺っておりますが」

「ええ、そうなのです。娘に似合うドレスを見繕っていただきたくて」

ポンフィット夫人はお母様から私に視線を移し、じーっと私を見つめてきた。

「お嬢様は大変スタイルがよろしいですね。それにお顔立ちもこの年代のレディとしては大人びていらっしゃる。この美しさを花でたとえるなら、清楚な中に見え隠れする色気で周りを惹きつける……月下美人のような魅力がございますわ」

「そうでしょう、そうでしょう!」

お母様は満面の笑みでポンフィット夫人の言葉に賛同している。

流石は貴族相手に商売をするポンフィット夫人、早くもお母様の心を掴んだようだ。

「こういった魅力のあるレディには、可憐なデザインよりもシックなデザインの方が断然お似合いですわ。只今ドレスをお持ちしますので、こちらにお掛けになってお待ちください」

ポンフィット夫人が奥に引っ込むと、助手の女性が飲み物やお茶菓子を用意してくれた。

(わぁ、この紅茶いい香り。それにこのクッキーも美味しい)

お茶とお茶菓子を存分に堪能していると、大量のドレスを持ったポンフィット夫人と助手たちが戻ってきた。

「あら、素敵なドレスね！　セリーヌ、座っていないで早速試着をするわよ」

「え、お母様、まさかこのドレス全て着るわけじゃないですよね？」

「今まであの系統のドレスしか着てこなかったのですから、色々試してみないと貴女に最適なものが分からないじゃない。時間の許す限り着てみなさい」

「そうですわお嬢様。ぜひ心ゆくまで試されてください」

(げげっ、このドレス全部着るの⁉)

片っ端から試着してこい発言に一気に心が萎えたが、このまま座っているわけにもいかない。

(はぁ、やれやれ。大変そうだけど、セリーヌの魅力を引き出すためには服選びに妥協してはいけないわね。こうなったら何着でも着てやる！)

気合いを入れ立ち上がると、ドレスを手にしたポンフィット夫人と助手たちが私を試着室まで案内した。

「まずはこのドレスから着てみましょう。大人っぽいデザインにはなりますが、セリーヌお嬢様ならきっとお似合いですわ」

流れるようなマーメイドラインが美しいこのドレスは、十三歳のレディが着こなすには少々難しいデザインに見える。

ちょっと不安だが言われるままに試着をしてみると、あらビックリ。セリーヌの雰囲気にぴったりだ。

「まぁ、想像以上にお似合いですわ！」

ポンフィット夫人はベタ褒めで、周りの助手たちもウンウンと力強く頷いている。

「まぁ、セリーヌ！　凄く似合っているわ！」

いつの間にか試着室にいたお母様も大絶賛だ。

「あ、ありがとうございます？」

容姿を褒められることに慣れていないからなんと返事をしたら良いのやら。

「このドレスは購入しましょう。さぁセリーヌ、ボサッとしていないで次のドレスを着て頂戴」

ええ、もう!?　早ッ!!

「畏まりました、ラルミナル伯爵夫人。さ、お嬢様、次のドレスに移りましょう」

「え、ええ？」

こうして私はスパルタレベルで次々とドレスを試着させられ、これで何十着目だろうか……と魂が半分抜け出てきた頃にようやく試着地獄から解放された。

「ポンフィット夫人、今日は良い買い物ができたわ」

「こちらこそ、たくさんお買い上げいただきましてありがとうございます。またのお越しをお待ちしておりますわ」

従者が馬車に荷物を運んでいる間、お母様は終始満足そうな笑みを浮かべていた。

私はというと、試着に疲れ果てソファにグッタリもたれ掛かりながら『もうお母様とドレスは買いに行かない』と心に誓ったのだった。

＊　＊　＊

「ふふふ」

異世界転生して三日目。私はパンパンになった愛しい財布をナデナデしていた。

（やっぱり、あのドレスたちはいい金額になったわね）

前世でリサイクルショップのバイトをしていたことがあり、不用品を高値で買い取ってもらう方法を熟知していた私は、早速不要なドレスを可能な限り高値で売り捌いた。

まさか、前世の知識が乙女ゲームの世界でも役に立つとは。

ちなみにドレスを売ることはお父様に相談しており（お母様に話すと同行するとか言い出しそうだったのでお父様にした）、売ったお金は好きに使って良いと言われている。

「さぁて、このお金はどうしようかしら」

セリーヌは貴族のため、宝飾品の類はそれなりにあるし化粧品も一通り揃っている。

ドレスは二日前に買ったばかりだし。

そんなことを考えながら景色を眺めていると、貴族の令嬢らしき女性が、腕に前世で見覚えのあるモフモフした何かを抱えている光景が目に入った。

おお⁉　この世界にも猫様がいらっしゃるのね⁉　まさか、こんなところで猫様に遭遇できるなんて嬉しぃ‼

「お嬢様、危ないですから窓から身を乗り出さないでください。そして先ほどから独り言が多いのですが、一体どうなさいました？」

はっ‼　そうだった。ノアが同乗しているのを忘れていたわ⁉

思わず窓から乗り出した己の身体を引っ込める。

「えへへ。ちょっと色々あってつい興奮しちゃって」

「はぁ？」

「まぁ、いいじゃない。私にも色々考えがあるのよ」

「はぁ……お嬢様は何かにのめり込むと暴走するところがあるから気をつけないといけないわね」

ノアが何かブツブツとつぶやいているけど、今の私は先ほど見た猫様にすっかり心を奪われてそれどころではない。

ああ、猫様可愛かったなぁ。ちらっと見た感じだと、猫様の姿は前世と一緒だったし。

どうやらこの世界では、猫をペットとして飼うことはメジャーなことのようだ。

セリーヌの持つ知識を探ると、こちらの猫様も前世の猫様と生態は一緒のようだし、貴族向けのペットショップも展開されているらしい。

だが、ペットショップがあるということは、気軽にペットを手に入れることができる反面、簡単に手放す輩が出てきてしまうということでもある。残念なことに、この世界にもそういう不届き者は一定数存在する。

この世界においても、捨て猫はちょっとした社会問題となっているようだ。だが、まだこの世界にはそういった猫たちの受け皿となるような施設は存在せず、放置されているのが現状だ。

セリーヌの記憶の中にも、お父様と領内の孤児院に行った際に、捨て猫問題を相談された経験がある。

お父様と孤児院の院長らしき人が会話していた内容を覚えている。孤児院のある街はずれにはこっそり猫を捨てに来る輩がいて、孤児院に住みついた猫には孤児や職員たちが餌をやり、世話をしているらしい。

帰りの馬車でお父様が「あの猫たちを何とかしてあげたいものだな。全く、飼ったのであれば責任を持って最後まで面倒を見るべきだろうに。命を粗末にするなんてけしからん」とボヤいていた。

(このお金を使って、領地内の捨て猫問題に取り組むのもいいかもしれないわね)

前世で叶えることができなかったあることが頭を過《よぎ》る。

そう、前世の私には夢があった。

それは「保護猫カフェ」を作ること。

前世の私は猫好きが高じて、実家にいた頃は近所に捨てられていた猫のみーちゃんを拾って飼っていた。

人間の身勝手で捨てられた猫たちは、過酷な環境下での病気、事故などにより長く生きられないことが多い。私はそのことに心を痛め、なんとかならないかと常々思っていた。

でも、一人暮らしの賃貸ではペットが飼えず、捨て猫を引き取ることもできない。雀の涙のような寄付をするのが精一杯だった。

そんな時に知ったのが「保護猫カフェ」という存在。

そこは、捨て猫や行き場を失った猫たちの拠り所であり、新しい飼い主を探したり、猫好きたちの憩いの場として提供されている施設だ。

私はお金があったら保護猫カフェを開いて、少しでも猫たちを救いたいと思っていた。

(じゃあ、このお金を使って……！　いや、しかし)

場所を作ることはできても、運営となると継続的にお金が必要だし、万が一経営が傾いた時、保護猫たちの行き場が再びなくなってしまう恐れがある。それは何としても避けたい。

(うーむ。たとえば、寄付を募るのはどうかしら？)

この国の貴族は、平民から徴収した税で生活している。それを使って領地を運営するだけでなく、慈善団体に寄付するなど、何かしらその地位に見合った形で貴族としての責任を果たすことを求められる。

そのため、どんなに貧乏な貴族であっても寄付は義務化されているのだ。

(貴族制度がなくならない限り、うまく寄付を募ればお金は手に入るわ。資金面についてはクリアできそうね)

あの時、孤児院の院長さんはこうも言っていた。

「――孤児院を出た子たちは就職先が限られているのが現状です。自力で道を開ける子もいますが、結局は孤児院と繋がりのある修道院の雑用などに収まる子が多い。もし、将来の選択肢を広げることができるなら、きっと孤児たちにとっても生きる希望になると思うのです」

この領地の孤児院は、就職先についての問題も抱えているようだ。

（それであれば、保護猫カフェの従業員も選択肢に入れてもらうのはどうかしら。もちろん、猫を愛する人であることが前提だけど。それに、寄付と保護猫カフェの売り上げ、ダブルで収入が確保できれば経営も安定するんじゃないかしら）

しかし、施設の運営となると私一人ではできない。

よし、お父様に相談してみよう。


「――というわけなのですが、お父様」

「…………」

私の話を聞いたお父様は、目頭を押さえてそのまま黙り込んでしまった。

あ、あれ？　いい案だと思ったんだけど、ダメだったかしら。

「セリーヌ、お前は本当に立派に育ったな」

「お父様？」

お父様の目が心なしか赤い。

え、もしかして、泣いている⁉

「え⁉　あの、ごめんなさい、私――」

「セリーヌ、ぜひやってみなさい！」

「は、はいぃ！」

お父様の迫力に圧倒され、思わず声が裏返っちゃったわ、恥ずかしい。

しかし、お父様はそんなこと気にも留めていないようだ。

「さぁ、そうと決まれば経営に精通した執事の一人をセリーヌに付けよう。細かな話は執事にすると良い。計画が行き詰まったり、困ったことがあれば私を頼るようにな」

「はい、ありがとうございます」

お父様の反応には驚いたけど、無事に話がまとまって良かったわ。

（よーし、これで保護猫カフェが作れるぞ！）

前世の夢を実現させるために、早速自室に戻り計画を練ることにした。

第二章　保護猫カフェ、オープンしました！

（ついに、完成したわ！）

私は執事のリチャードとともに、とある場所に来ていた。

ちなみにリチャードはお父様専属執事の一人だが、保護猫カフェの立ち上げのために期間限定で私付きの執事になったのだ。

（ああ、長年の夢が実現するなんて。感動！）

リチャードはお父様の右腕として領地の運営に携わっていた、経営のスペシャリストだ。

私のぼんやりした考えにメスを入れ「アイディアはいいけれど、経営についての知識が乏しいのでまずは経営学を一から学びましょう」と、リチャードのスパルタな授業を受ける羽目になった。

お陰でこの数ヶ月間は経営学の勉強に加え、保護猫カフェの建物づくり、経営計画、施策検討、お茶やお菓子の選定と開発、スタッフの採用と研修、資金繰りのシミュレーションといった実務に追われて寝不足の毎日だったのだ。この間に誕生日を迎えたけど、あまり記憶がない。猫様への思いがなかったら挫けていたに違いない。

「お嬢様、いつまでこんな場所に突っ立っているつもりですか？　そのうち石像と間違われて撤去されますよ」

「リチャード、煩《うるさ》いわね。私は感慨に浸っているのよ」

今日は、記念すべき猫カフェのオープン日。ここに、ついにお客様をお迎えする。感慨もひとしおだ。

ところで先ほど失礼な発言が聞こえた気がしたが、リチャードはセリーヌの幼少期よりラルミナル家に仕えている、年の離れた兄のような存在だ。実の妹のように接してくれているリチャードのこのような皮肉めいた発言は日常茶飯事なので、私も聞き流している。

「足が痛くなってきたので、いい加減中に入りましょうよ」

「はいはい、分かったわよ」

確かに三十分程度入り口付近に突っ立ったままだったので、中に入ることにした。

中に入ると、早速店員が声をかけてきた。

「いらっしゃいませ！　二名様ですね。当店は猫たちとの触れ合いスペースとカフェスペースに分かれておりまし……あれ？　セリーヌ様!?」

あっ、早速バレたわ。

まぁそうよね。このカフェを作ったのは私だし、店員の研修も私がしたもの。

「しーっ！　今日はお客としてきたの」

「そ、そうなのですか？　では、お席にご案内いたします」

店内は地元の住民で賑わっていた。

(予想より多く人が入っているわね。うんうん、悪くない滑り出しなんじゃないかしら)

席に案内されると、ガラス扉越しに猫がいるのが見えた。

（はわわわ！　猫様がいらっしゃる!!）

ちなみに、カフェ内は猫たちの居住兼触れ合いスペースと、カフェスペースがガラス扉を隔てて二分されており、すでに猫が二匹ほど生活している。

猫たちを刺激しないようにガラス扉を開けてそっと中に入ると、茶トラ柄の猫がスリスリと足元に擦り寄ってきた。

（きゃわゆい～!!）

足元から離れなかったので、試しにそっと触れようとすると「気安く触るな」と言わんばかりに身体を翻し、元いた場所に戻ってしまった。

「はぁ、尊い」

何よこのツンデレは。可愛すぎるじゃないか。

ちなみにもう一匹のグレーの猫は、高みの見物といった様子でキャットタワーの最上部から私たちを観察している。

「リチャード、確かこの子たちは野良だったのよね？」

「ええ、元はそのようですが、二匹とも孤児院で面倒を見ていたそうですよ」

なるほど、だからこの子たちは人間に対して警戒心が薄いのか。

「孤児院付近にはあと五～六匹野良猫がいるそうなので、弱っている猫から順に保護していく手筈になっています」

「そう。怪我をしている子や弱っている子は早めに治療してあげないといけないわね」

保護される猫たちは皆が健康というわけではない。まず健康チェックや治療をし、元気になり準備が整い次第、このカフェに移ってくる。

しかし、病気や怪我などで治療を施しても、回復の見込みがない猫ももちろんいる。

人間の身勝手に振り回され、心も身体も傷付いた猫たちに、最後くらいは温かい場所で落ち着いてゆっくり過ごしてほしい。

偽善、と思われるかもしれないが、それが私の心からの願いだ。

(この広いスペースなら、猫たちが増えても充分受け入れが可能ね)

生活スペースは広く取ってあるし、キャットタワーや隠れる場所など、猫たちが快適に過ごせる工夫もあちこちに施されている。

満足して内部を見学していると、孤児院の院長が慌てた様子でやってきた。

きっと店員から私が来ているという話を聞きつけたのだろう。

保護猫カフェは孤児院の隣に建てた。

計画を話したところ、猫を愛する院長がカフェの店長役を買って出てくれたのだ。

猫のお世話も、院長になら安心して任せることができる。

「まぁ、セリーヌ様!?」

「あ、院長さん、こんにちは。お邪魔しております」

「事前にご連絡いただければご案内いたしましたのに」

「ああ、いいのです。ちょっと様子を見に来ただけですから、お気遣いいただかなくて結構ですよ」

「お嬢様は一度言い出すと人の話を聞きませんからね」

「リチャード、お黙り」

「あ、セリーヌ様。もしお時間ございましたら、猫たちにご飯をあげてみませんか？　これから食事の時間なのです」

「まぁ、そうなのですか⁉　ぜひぜひ！」

やったぁ！　猫たちと触れ合える‼

「ちょっとお嬢様、これから家庭教師が来るのですから帰りますよ」

「嫌よ！　猫ちゃんとの触れ合いタイムを邪魔するなら家に帰らないわよ⁉」

「ちっ、この猫娘が」

「ああん？　リチャード、何か言った⁉」

「イエ、ナンデモゴザイマセン。では三十分だけですよ？　それ過ぎたら強制送還しますからね」

「はーい」

この子たちの名前は、茶トラの子は「トラ」、グレーの子は「グレイ」といい、二匹とも雄だ。

喧嘩などしていないか心配で聞いてみると、二匹は気が合うらしくトラブルはないそうだ。

そんな会話を院長さんとしながら二匹にご飯をあげていると、すぐにリチャードが声をかけてきた。

「お嬢様、もう時間です。帰りますよ」

「えぇ～、もう？　まだ三分くらいしか経ってないんじゃない？」

「時計を見てくださいよ、もうとっくに三十分過ぎているじゃないですか。お嬢様の目は節穴ですか？」

「せっかくこの子たちと仲良くなれたのにぃ～、まだ遊ぶ！」

「ダメです！　幼児みたいなこと言ってないで帰りますよ！」

ギャーギャー騒いでいる私たちを見兼ねたのか、院長さんはとりなすように言った。

「えっと、それでしたらまた視察に来られた時に、ぜひこの子たちにご飯をあげてください」

あっ、それは嬉しい提案！

「まぁ、本当ですか⁉　ありがとうございます」

「院長、お気遣い感謝いたします」

「セリーヌ様、リチャード様、とんでもない！　セリーヌ様のお陰で孤児院全体の寄付も増えましたし、孤児たちもこうして働き口を見つけることができたのですから、感謝してもしきれません」

院長さんの提案もあり、非常に名残惜しかったが保護猫カフェを後にすることにした。

そして、帰りの馬車に乗り込もうとした時。

ニャー……と消え入るような、か細い猫の鳴き声が聞こえてきた。

「ん？　リチャード、なんか猫の鳴き声が聞こえなかった？」

「僕には聞こえませんでしたけど。保護猫カフェの猫じゃないですか？」

ニャー……

「「!!」」

「リチャード、聞こえたわよね!?」

「ええ。カフェの方角からではありませんね」

リチャードの話では、まだ付近に野良猫がいると言っていた。

恐らくまだ保護されていない野良猫の声だろう。

猫様の状況も知りたいし、このまま放置しておくことはできないわ。

「ちょっと捜してくるわ」

「え！　ちょっとお嬢様!?」

リチャードの制止を振り切り、声のする茂みに向かって進むと、ガサガサッと近くに生えている草木が動いた。

(この奥にいるのかしら)

刺激しないように腰を屈めながらソッと茂みを覗くと、白い尻尾がチラリと見えた。

(あっ、いた！)

「お嬢様、どこへ行くんですか！　家庭教師が嫌だからって逃げ」

「シーッ！　静かに。見つけたから、リチャードはその場にいて頂戴」

リチャードがその場に立ち止まるのを見届けると、私は近くにあった猫じゃらしのような草をそっと引き抜き、フリフリと揺らしてみた。

すると、茂みからぴょこっと白いモフモフが顔を覗かせる。

(わぁ、綺麗な毛並み)

野良猫にしては綺麗すぎる毛並み。

それに、よく見ると首輪をしている。

(この子は野良じゃないわね。ひょっとして迷子かしら?)

ブルーの瞳と毛並みが美しい白猫は、私の動かす猫じゃらしもどきに戯れ始めた。

試しに距離を詰めてみても逃げる様子はない。

(このまま抱っこできるかしら?)

そっと背中に触れてみても嫌がる様子がなかったため、続けて耳の後ろや顎下などを撫でる。

最後にそっと抱き上げると、白猫は無抵抗でスッポリと腕の中に収まった。

抱き上げた時に気づいたが、どうやらこの子は雌のようだ。

「よしよし、お利口さんね」

私の一連の動きを見ていたリチャードは驚いた様子でこちらを見つめている。

「お嬢様、一体どこで猫を手懐ける術を学んだのですか?」

げっ、まずい。

前世で猫を飼っていたから、ついその癖が出てしまった。

「えっと、どこかの書物で見たような?」

「はぁ?」

「ま、まぁ、細かいことはいいじゃない。それよりこの子は首輪をしているし野良じゃないわ」

「そのようですね。しかし、前脚に怪我をしているようですが」

よく見ると前脚が少し赤くなっている。どうやら血が滲んでいるようだ。

「あら、大変！」

(保護猫カフェなら一通りのケア用品も揃っているし、治療のために一旦引き返そう)

「リチャード、一旦カフェに戻るわよ」

「はぁ、お嬢様は何故こうも猫のことになると周りが見えなくなるのか。はいはい、分かりましたよ」

リチャードを引き連れカフェに戻ろうと歩き出した時、後ろからバタバタと複数の足音が聞こえてきた。

「いたか？」

「確かこちらで物音が……あっ！」

身なりからして貴族の子息だろうと思われる美青年と、従者らしき男性が私の腕にいる白猫を見て驚いたような表情をしている。

(あ、もしかしてこの子の飼い主さんかな？)

その青年は私を見るなりズンズンと向かってきた。

なんか殺気立った冷たいオーラを感じるんですけど。

「我が家の猫を誘拐するとは良い度胸ですね」

はあぁぁ⁉　誘拐⁉

迷い猫かと思って保護しようとしただけなのに、何という言いがかり‼

「あの、何か誤解していらっしゃるようですが、私はたまたま茂みにいたこの子を見つけただけですわ。怪我をしているようでしたので、治療のために近くのカフェに寄ろうと思っていたのです」

「カフェ？」

「はい、あちら側にある建物がそうですわ」

私の説明を聞いた青年の殺気立ったオーラが、幾分か和らいだように感じる。

濡羽色の髪に、神秘的な深緑の瞳。

恐ろしく整った顔立ちだが、その表情からは何の感情も読み取れない。

あれ、何だろう。この瞳に見覚えが……？

「そうだったのですか。それは大変失礼いたしました」

美青年はそう言うと、深く腰を折って丁寧に謝罪をしてきた。

我が家の猫、と言っていたから、お家で大切に育てている猫ちゃんなのだろう。

いきなり見ず知らずの者の腕に抱かれているのを目撃しては、心穏やかでいられない気持ちはよく分かる。

「いえ、こちらこそ誤解を招くような行動を取ってしまいすみませんでした。今、猫ちゃんをお返ししますね」

腕の中の白猫をその青年に渡そうとした。

しかし、白猫は私の腕の中が気持ち良かったのか、それとも先ほど保護猫たちにあげたご飯の匂いが気になるのか、爪でガッシリ腕にしがみつき離れない。

「いだだだっ⁉」

「レティ、放しなさい」

青年がグイグイ白猫を引っ張るも、爪が服を貫通し腕に刺さって食い込んでいる。

痛い、痛い、痛い‼

「あいだだだだっ‼」

「くっ、取れない。すみません、大丈夫ですか？」

大丈夫なわけないでしょ！　あーいたたた……

しかし、このまま猫ちゃんを抱いていては青年に渡せないし。あ、そうだ。

「爪が腕に食い込んで取れないので、カフェでしばらく様子を見てから離すのはいかがでしょう？」

青年はカフェの方向をチラリと見ながら頷いた。

「そうですね。貴女の腕も心配ですし、怪我をしていれば治療も必要だ。貴女の言う通りまずはカフェに行きましょう」

こうして保護猫カフェに戻ることに決めた私たちだったが、戻ってきた私たちを見た院長さんは驚いた様子で駆け寄ってきた。

（ああ、そうだよね。別れの挨拶をしたばかりなのに戻ってきたら、何かあったのかと驚くよね）

「院長さん、すみません。この子、怪我をしているうえに私の腕から離れなくて。治療も兼ねてしばらくこちらにいてもよろしいですか？」

「まぁ、セリーヌ様！　それに、お連れ様……ですか？　ええ、それはもちろん構いませんよ」

院長さんは、私とリチャード、青年にその従者たちとぞろぞろやってきて動揺を隠せない様子ではあったが、それでも奥の広い席に案内し、治療グッズを一式持ってきてくれた。

保護猫カフェに初めて足を踏み入れた青年は、辺りを見回しながら私に話しかけた。

「このカフェは猫を連れてきてもいいのですか？」

「ええっと、本来は行き場のない野良猫や捨て猫たちを保護するために作られた場所なのですが、リードを付けた状態であれば問題ないです。あ、でも他の猫たちとトラブルになったり、ストレスを与える場合はご遠慮いただくことがございますが」

「そういったコンセプトがあるのですね。随分内情に詳しいようですが、貴女はこのカフェの常連なのですか？」

「あ〜。えっと、実はこのカフェを作ったのが私でして」

「……まだお若いにもかかわらず、オーナーをされているとは素晴らしいですね。あ、申し遅れましたが、僕はマクシム・フォン・レイヤーと申します。先ほどの失礼な態度について改めて謝罪いたします」

「まぁ、レイヤー公爵家の⁉　こちらこそ大変失礼いたしました。私はセリーヌ・ド・ラルミナルでございます」

（マクシム・フォン・レイヤーってことは、レイヤー公爵家のご子息様⁉）

レイヤー公爵家は代々宰相としての地位を確立している、この国において唯一無二の名家だ。

宰相としてその地位を確立して来られたのは、徹底した実力主義を敷いているためだと聞く。

具体的には、家督を子供たちの間で競わせ、一番出来の良い者が公爵家当主として選ばれるというものだ。

目の前にいるマクシム様は、そんなレイヤー公爵家の中でも才能が抜きん出ており、私と同じ十五歳でありながら、すでに次期当主として家督を継ぐことが内定していると聞く。しかし同時に――「優秀だが、無表情で全く感情が読み取れない」とも噂される人物だ。確かに噂通り、表情筋がピクリとも動かない。

あ、ちなみに、これくらいのことはこの国の貴族なら誰でも知っている情報ね。

「ラルミナル伯爵家のご令嬢でいらっしゃいましたか。ああ、そう畏まらないでください。貴女、いや、セリーヌ嬢は愛猫を保護してくれた恩人なのですから」

マクシム様が視線を私から白猫に移したのを見て、私はハッと思い出した。

(ああーー⁉　思い出した！　この人、鉄仮面公爵じゃん‼)

そう、彼は攻略対象者の一人であり、私がこのゲームを買うきっかけになった人物だった。

冷静沈着なツンツンキャラで攻略が難しく、その無表情から「鉄仮面公爵」と呼ばれるキャラクターだ。

(事前公開の情報では、選択肢を一つでも間違えるとバッドエンドになってしまうと書いてあったわ。それに加えて好感度もマックスまで上げないと攻略できないらしくて、攻略が難しそうだと

思っていたのよね）

製作者が鉄仮面公爵のようなパーフェクト男子に対して嫉妬していたのだろうか？　何故か鉄仮面公爵のルートだけバッドエンドルートが複数存在する。

他の攻略対象者にはバッドエンドルートは一つしか存在しないのに。

（よりにもよって鉄仮面公爵と遭遇しちゃうなんて……）

「そろそろ僕のレティ、いや、猫は落ち着きましたか」

はっ！　いけない、今は会話中だったわ！

「へ!?　あ、猫ちゃん！　そうですね、そろそろ落ち着いたと思うのですが……って、あ！」

レティと呼ばれた白猫は急に私の腕をすり抜け、床でゴロゴロ寛《くつろ》ぎ出した。

鉄仮面公爵、いや、マクシム様は無表情のまま視線を猫に移す。

「レティが僕以外の者に気を許すだけでなく、家以外の場所で寛《くつろ》ぐなんて……いや、これは驚きました」

「レティちゃんは今までそういった経験がなかったのですか？」

「はい。家でも特定の場所以外は近寄らないうえに、僕以外の者には一切触れさせない、気難しい性格ですから」

「まぁ、そうだったのですね」

（レティちゃんがそんな性格だったなんて。私にはベッタリだし、このカフェも気に入っているみたいだけど）

マクシム様は床で寛《くつろ》ぐレティちゃんを抱き上げた。

あ、今なら怪我の治療もできそうね。

「マクシム様、レティちゃんの前脚を治療するので、そのままレティちゃんを押さえてくれますか？」

「分かりました」

私はレティちゃんの前脚をそっと手に取り、怪我の状態を確認した。

(血が滲んでいたから心配したけど、傷痕もほとんど分からないわ。これなら消毒だけで大丈夫そうね)

手早く治療を施していると、マクシム様はじっと私の手元を見ながら話しかけてきた。

「セリーヌ嬢は猫の扱いに慣れていますね」

「え、ええ。猫が好きなものですから。ほほほ」

前世で猫を飼っていました、とは流石に言えないので言葉を濁した。

「さ、治療が終わりました。あ！」

大人しく治療を受けていたレティちゃんだが、カフェスペースと猫たちの触れ合いスペースを隔てる扉が開くや否や、マクシム様の腕をすり抜けて触れ合いスペースに入ってしまった。

他の猫たちとトラブルになるといけないので慌ててレティちゃんを追いかけると、マクシム様も私に続いて触れ合いスペースにやってきた。

そこでの光景に、私は目を疑った。

（んな⁉　グレイ君自らレティちゃんにスリスリしている⁉　私との初対面時は、キャットタワーの上から見下ろすだけだったのに！　私よりもレティちゃんの方が良いだなんて。くっ、やはり猫も美人が好きなのね）

レティちゃんは人の目から見ても美しい。きっと人間になったとしたら、かなりの美人だ。

グレイ君にもきっとそれが分かるのだろう。

私の時とはあまりに違う対応に、複雑な心境で眺めていると、マクシム様はレティちゃんを引き離そうと近寄った。

「レティ、こっちに来なさい」

「シャーッ‼」

「……」

マクシム様は無表情のまま、一瞬固まった。

（レティちゃんに威嚇されて、もしかしてショックを受けているのかしら？　マクシム様は無表情だけど、レティちゃんのことになると少しだけ態度に出るようね）

非常に微細な変化ではあるが、何となくマクシム様の感情を読み取ることができた。

「マクシム様、ここはグレイ君とレティちゃんが離れたタイミングを見て連れて行く方がいいと思いますが」

「そのようですね」

マクシム様は無表情のままだが、内心は落ち込んでいるのではなかろうか。

そう思うのは、私も猫を飼っていた時に、何度か本気で威嚇をされたことがあったからだ。大切に育てていたはずなのに、シャー!! と威嚇をされた時は、今まで信頼関係が築けていなかったのか、それとも嫌われてしまったのか、とショックで数日間は落ち込んだものだ。

そんなことを思いながら少し離れてグレイ君とレティちゃんを眺めていると、二人はスリスリに満足したようで少し距離ができた。

そのタイミングを見計らって、マクシム様がレティちゃんを抱き上げた。

しかし、レティちゃんはグレイ君がすっかり気に入ったようで、グレイ君から離されたことが不満なのか、マクシム様の腕の中でニャーニャーと激しく鳴いている。

「レティがこんなに鳴き声を出すなんて」

グレイ君もどこか悲しげな様子でレティちゃんを見上げてニャアと鳴いた。

「どうやらレティちゃんとグレイ君は相思相愛のようですね」

(引き離すのは少し可哀想な気もするけど、レティちゃんは公爵家の猫ちゃんだし、お家に帰らないといけないわ)

マクシム様はレティちゃんを抱きながら少し考える素振りをすると、ふっと顔を上げて私に話しかけた。

「セリーヌ嬢、これからもレティを連れてここに来てもいいでしょうか?」

(ええっ、また来るの!?)

レティちゃんにはぜひとも来てもらいたいが、マクシム様は攻略対象者だ。

モブ令嬢の私にはあまり関係ない存在とはいえ、万が一とばっちりを受けて断罪とかされては困るので、できればあまりお近づきにはなりたくないのだけど。

(しかし、マクシム様はあのレイヤー公爵家の次期当主。流石に断れないわ)

「え、ええ、もちろんですわ」

「ありがとうございます、レティも喜ぶことでしょう。さ、レティ。残念だが今日のところは家に帰らないといけない。また、来よう」

レティちゃんはマクシム様の顔を見上げると、不満そうにニャアと鳴いて大人しくなった。

レティちゃんが大人しくなったことを確認したマクシム様は、カフェの出口へと歩き出した。

私はグレイ君を抱き上げ、レティちゃん、マクシム様、従者の皆様をお見送りすることにした。

「セリーヌ嬢、今日はレティ共々大変お世話になりました」

「いえ、こちらこそ本日は保護猫カフェに足をお運びくださりありがとうございました。またのお越しをお待ちしております」

私が淑女の礼をし微笑んだ、その時だった。

「……貴女は、もしかして……?」

マクシム様は突然はっとした様子で、じっと私を見つめたまま動かなくなってしまった。

うぐっ⁉ この至近距離でイケメンからガン見されるなんて反則技よ‼

ってか、私、何かやらかした⁉

マクシム様はしばらく私を見つめていたが、従者から小声で何かを言われた。

「あの、マクシム様。どうかなさいました？」

「いえ、失礼いたしました。……また伺います。近いうちに、必ず」

名残惜しそうな雰囲気を残したまま、馬車に乗り込んでいった。

（ああっ、めちゃくちゃドキドキした!! あんなイケメンに急にガン見されたら心臓が持たないって!! ……はぁ、やれやれ。それにしても、まさかこんなところで攻略対象者に出会うなんてびっくりだわ）

マクシム様がいなくなり、ほっと脱力したのも束の間、リチャードが険しい顔をして私に話しかけてきた。

「はぁ、この猫娘は、猫だけでは飽き足らず公爵家とのトラブルまで呼び込むとは。家庭教師との約束時間はとっくに過ぎています。時間がありませんからすぐに帰りますよ、いいですね!?」

「うっ……はい」

その後、私は、馬車の中でリチャードに叱られ、家では報告を受けたお母様にキツくお灸を据えられることになった。トホホ。

＊　＊　＊

「マクシム、今月中には結論を出すように」

はぁ、父上から話があると呼び出されたが、朝から面倒事か。

（婚約者、か。正直、釣書の令嬢はどれも同じに見える）

家督を勝ち取った僕に、次に待ち構えていたのは伴侶選びだ。

釣書を送ってきた令嬢たちとの面談は完了していたが、どの令嬢も同じように見えて決め手に欠けていたため、結論を先延ばしにしていた。

しかし、それも今月が限界か。

（まぁ、どんな令嬢にも興味など湧かないのだから、いっそのことクジで決めてしまおうか）

そもそも、僕には恋だの愛だのという感情がない。

いや、もしかしたらあるのかもしれないが、それがどういうものなのか良く分からない。

それはきっと、僕が心を閉ざして育ってきたからだろう。

こうなってしまったのには、僕の過去が関係している。

レイヤー公爵家は代々宰相を輩出してきた家柄だ。

それを可能にしているのは、レイヤー家独自の教育法にある。

レイヤー家に生まれた子供は幼少期より厳しい教育が施される。そして、より出来が良い者に家督を継がせるという実力主義を採用しているのだ。

そんな家柄ではあったが、幼い頃は家族の仲は良かった記憶がある。

家族で他愛のない会話をよくしていたし、そこには笑顔もあった。

しかし、母上が病気で亡くなったことで家族の状況は一変する。

まず驚いたのが、父上の流した涙だ。

母上の葬儀が終わった翌日、僕は夜中に目を覚まして母上がいた部屋を訪れたことがあった。

すると父上は母上が寝ていたベッドに縋りつき、大きく肩を震わせ泣いていたのだ。

後にも先にも父上が泣いているのを見たのはあれだけだが、それ以来、父上は何かに取り憑かれたように仕事にのめり込むようになった。

そして、次第に僕たちに対する態度も変わり、教育も厳しさを増していった。

以前は雑談もあった父上との会話も、次第に事務的な会話と、僕らを試すような政治や経済に関することだけになった。

その会話についていけない場合は勉強不足と見做《みな》され、理解できるまで家庭教師との勉強を強いられるのだ。

ちなみにその間、食事はおろか睡眠すら取ることを許されない。

そのような環境に、次第に僕の心は冷えていき、自身の感情すら分からなくなっていった。

(できたらレティの世話ができるような者が良かったが、あの令嬢たちでは無理だろうな)

僕の腕の中で気持ち良さそうに眠るレティを起こさないようにそっと撫でた。

この白猫は、父上が「関係者から譲り受けた」と言って連れてきた。

レティは連れてこられた当初、家族の誰にも懐かず、じっと窓の外を眺めているだけだった。

父上は世話をする気がなかったのか家令に世話を任せていたが、ある日、レティが庭に逃げ出す騒ぎがあった。

たまたま庭で剣術の稽古を終えたところだった僕は、茂みで怯えた様子の白猫を発見した。

試しに近くの葉を振って誘《おび》き出してみると、僕の足元に擦り寄ってきた。

毎日世話をしている家令にすら懐かなかったが、僕にだけは甘えた態度を見せてきた。

それ以降、僕に懐いたのか、常に僕に付きまとうようになった。

初めは「鬱陶しい」と思っていたが、どんなに追い払っても健気についてくるその姿に、次第に違う感情が芽生えるようになった。

――母上亡き後のこの家で、自分が理屈抜きで必要とされたことがあっただろうか――

緊張感漂う空間で感情を殺して生きてきた僕に、その猫は温かい何かを教えてくれているような気がした。

僕はその猫を「レティ」と名付け、家族の目を盗んで面倒を見るようになった。

レティは次第に僕以外の家族や使用人を避けるようになり、今では僕以外の者にはほとんどその姿を見せなくなった。

僕だけに無防備な姿を見せるレティ。

その姿を眺めたり、撫でたり、世話をしているだけで、僕の中の張り詰めたものが緩んだ。

そう、いつしか僕にはすっかりレティのいる生活が当たり前になっていたのだ。

そして今日、外出するために乗った馬車に何故かレティが紛れ込んでしまった。

家に戻そうにもすでに馬車が出てしまった後で、仕方なくレティを抱きながら乗ることにしたのだ。

(レティ……)

そっとレティの流れるような毛並みを堪能していると、馬車が段差で大きく揺れた。

それに驚いたのか、レティが換気のため開けていた窓から飛び出してしまった。

「あっ、レティ！」

今日に限ってレティはリードを付けていない。

突然の出来事だったとはいえ、僕の不注意でレティに何かあったら……!!

慌てて馬車を止めてレティを捜すと、奥の茂みに向かって逃げる姿が見えた。

「マクシム様、お一人での行動は危ないので私も同行します！」

「ああ、すまない。レティ、いや、猫が逃げ出した。あれは元々父上が連れてきた猫だ。何としても捜し出さなければ」

口ではもっともらしい理由を述べるが、内心は心配でたまらず、レティの身に何かあったら、と最悪な想像ばかりが頭を過《よぎ》る。

「あの茂みに向かって逃げていくのが見えた。後を追う」

「畏まりました」

「マクシム様、ここは私が先を行きます。マクシム様は後方よりお願いいたします」

護衛と従者を従え、茂みに向かって足早に歩き出す。

しかし、逃げ出してからしばらく経ってしまったため、レティの捜索は難航した。

「マクシム様、この辺りにはいないようですね」

「もう少し奥を捜そう」

（レティ、どうか無事でいてくれ）

己の不甲斐なさを悔いながら、祈るような気持ちで捜索を続けると、茂みの奥からガサガサという物音が聞こえてきた。

レティか!?

「あちらで物音がしましたね！」

「ああ、行くぞ」

近くなる物音とともに人の声が聞こえてきた。

こんな場所に人がいるのか？

「いたか？」

「確かこちらで物音が……あっ!!」

目の前に現れた男女は、僕たちを見て呆然としている。

身なりから推察するに貴族の令嬢と従者だろう。

しかし、その女の腕にはレティが抱かれている。

（この女、レティを連れ去る気か!?）

相手がその気なら、こちらだって一歩も引く気はない。

「我が家の猫を誘拐するとは良い度胸ですね」

女は驚いた様子で僕に反論してきた。

「あの、何か誤解していらっしゃるようですが、私はたまたま茂みにいたこの子を見つけただけですわ。怪我をしているようでしたので、治療のために近くのカフェに寄ろうと思っていたのです」

僕の予想は外れたようだ。

内心ほっとしたが、まだ油断はできない。

「カフェ？」

「はい、あちら側にある建物がそうですわ」

女が見る方角には確かに建物がある。

その態度から、言っていることに嘘はなさそうだ。

(この者は恐らく貴族の令嬢。ここは揉め事を避けるためにも、僕の言動について謝罪をした方が良さそうだな)

「そうだったのですか。それは大変失礼いたしました」

「いえ、こちらこそ誤解を招くような行動を取ってしまいすみませんでした。今、猫ちゃんをお返ししますね」

女……いや、令嬢は腕の中のレティを僕に渡そうとしたが、レティの爪が服に引っかかったようだ。

「いだだだっ⁉」

「レティ、放しなさい」

しかし、爪は服に絡まったようで、強く引き寄せても離れない。

「あいだだだっ‼」

「くっ、取れない。すみません、大丈夫ですか？」

令嬢は涙目になりながら僕に向かって提案をしてきた。

「爪が腕に食い込んで取れないので、カフェでしばらく様子を見てから離すのはいかがでしょう？」

ああ、爪が服に絡まったのではなく腕に刺さっていたのか。

それなら相当痛かっただろう。

僕の不注意で起こした事件に巻き込んでしまったことについても、改めて謝罪がしたい。

「そうですね。貴女の腕も心配ですし、怪我をしていれば治療も必要だ。貴女の言う通りまずはカフェに行きましょう」

こうして僕は、その令嬢とともに、近くにあったログハウス調の建物に向かった。

案内された場所は、手前にカフェスペースがあり、扉を挟んだ反対側には猫たちが見えた。

見たことのない造りをしているが、ここは猫同伴でカフェを楽しめる店なのだろうか。

令嬢に聞くと、ここは野良猫や捨て猫を保護するために作られた、慈善活動を目的とした施設だという。

孤児院に併設されているということは、寄付と売上金の両方で資金を賄っているのだろう。

運営についてしっかり考えられた施設のようだ。

しかし、この令嬢はやけにこのカフェについて詳しい。

試しに常連なのか聞いてみると、なんとこのカフェのオーナーだという。

大人びた容姿ではあるが、言動から察するに恐らく成人前の令嬢だろう。

僕もその手の話は詳しいが、成人前の、しかも令嬢が店を運営しているなど前代未聞だ。

ぜひともこの令嬢の名が知りたいところだが、まずは僕の失礼な言動について謝罪をしなければ。

「……まだお若いにもかかわらず、オーナーをされているとは素晴らしいですね。あ、申し遅れましたが、僕はマクシム・フォン・レイヤーと申します。先ほどの失礼な態度について改めて謝罪いたします」

「まぁ、レイヤー公爵家の⁉　こちらこそ大変失礼いたしました。私はセリーヌ・ド・ラルミナルでございます」

令嬢は僕の名を聞くなり、動揺した様子で謝罪した。

まぁ、レイヤー家は貴族なら誰もが知る名門家故に、この反応も無理はない。

そして、この令嬢はラルミナル伯爵家の者だったのか。

あそこは確か元々弱小貴族だったが、商才のある先代が財を成し王宮にも貢献したことから、伯爵までのし上がった経歴の家だ。

なるほど、それならオーナーの件も納得がいく。

それにこの令嬢……セリーヌ嬢と言ったか。この者はかなりの猫好きのようだ。

このカフェのコンセプト、そしてレティに接する態度がそれを物語っている。

「ラルミナル伯爵家のご令嬢でいらっしゃいましたか。ああ、そう畏まらないでください。貴女、いや、セリーヌ嬢は愛猫を保護してくれた恩人なのですから」

それにしても、レティが僕以外の者にこれだけベッタリし、寛《くつろ》ぐ姿を見せるとは驚きだな。

セリーヌ嬢は商才だけではなく、猫を手懐ける才能もあるのか？

そんなことを考えていると、レティが他の猫と接触し出した。

万が一、保護猫とトラブルになると大変だ。すぐに引き離さねば。

「レティ、こっちに来なさい」

「シャーッ!!」

なっ、何だ!?

あんなに懐いていたレティが、僕を威嚇するとは!!

レティ、一体どうした!?

「マクシム様、ここはグレイ君とレティちゃんが離れたタイミングを見て連れて行く方がいいと思いますが」

「そのようですね」

セリーヌ嬢の提案に従いしばらく保護猫……いや、グレイと言ったか。グレイとレティの様子を窺っていると、二匹の間に少し距離ができた。

そのタイミングを見計らってレティを抱き上げると、今度は僕の腕で鳴き声を上げ始めた。

レティは普段ほとんど鳴かないので、こんなに鳴き声を出すとは驚いた。

すると、その様子を見たセリーヌ嬢は、猫同士にも相性というものがあることを口にした。

確かにレティはグレイを好んでいるように見える。

いや、正確には「保護猫やセリーヌ嬢を含めたこのカフェの空間自体」を好んでいる、と言った方がいいだろうか。

気難しいレティがここまで心を開いた「保護猫カフェ」に「グレイ」。

そして「セリーヌ嬢」に、非常に興味が湧いた。

「セリーヌ嬢、これからもレティを連れてここに来てもいいでしょうか？」

「え、ええ、もちろんですわ」

セリーヌ嬢はにっこりと笑った。

……何故だろう、この笑顔を見ると不思議と緊張感が和らぐ。

そう、まるでレティといる時のように、ふっと気分が軽くなるのだ。

それにどこか懐かしいようなものを感じる。もしかして、彼女と僕はどこかで会っているのか？

「セリーヌ嬢、今日はレティ共々大変お世話になりました」

「いえ、こちらこそ本日は保護猫カフェに足をお運びくださりありがとうございました。またのお越しをお待ちしております」

ああ、まただ。

笑うと、くしゃっとなるその綺麗な茶色い瞳に既視感を覚える。

そこで――ふと、昔の記憶が脳裏を過《よぎ》る。

ハンカチで僕の服を拭い、にっこりと満面の笑みで見つめる少女。

「……貴女は、もしかして……？」

ああ、ダメだ。詳しいことが思い出せない。

セリーヌ嬢、貴女のことがもっと知りたい。貴女から、目が離せない。

しかし、従者からの耳打ちで現実に戻される。どうやら時間切れのようだ。

「あの、マクシム様。どうかなさいました？」

「いえ、失礼いたしました。……また伺います。近いうちに、必ず」

ああ、あと少しでこの不思議な感覚が何なのか分かりそうな気がしたのだが。

彼女と離れるのは非常に名残惜しいが、また機会を作ればいい。

そうとなれば、早々に予定を確認しなければいけないな。

離れていくセリーヌ嬢を見つめながらも馬車に乗り込む。

ゆっくりと走り出した馬車の車窓から最後までセリーヌ嬢の姿を目で追う。やがて姿が見えなくなると、視線をレティに移した。

レティは疲れたのか、いつの間にか僕の腕の中で眠り込んでしまっていた。

その様子を見ながら、ふと今朝のことを思い出した。

(婚約者、か)

もし伴侶を選ぶなら、レティの世話ができて仕事の理解を得られそうな者が良いと考えていたが、
セリーヌ嬢は条件にぴたりと一致する。

(セリーヌ嬢なら僕の理想通りだ)

セリーヌ嬢の姿を思い浮かべ、先ほど考えていたことを思い返す。

あの笑顔を見ると心が温かくなる。

それと同時にどこか懐かしいような気分になるのだ。

その理由が知りたい。

（やはり、セリーヌ嬢とは過去に会ったことがあるのだろう。でも、それは一体いつだ？）

過去の記憶を辿ると、幼少の頃に、母上に連れられて行ったお茶会のことに行き着いた。

女だらけのあの場で、僕は緊張して手が滑り、紅茶をこぼしてしまった。

お母様や周りの大人たちが慌て、同年代の子たちは僕を白い目で見る中、その子は席を立ち駆け寄ってきて、持っていたハンカチで僕の服を拭いてくれた。

「綺麗になぁれ！　ゴシゴシ！」

力加減を知らないのか、ゴシゴシ拭かれて少し痛かった。

だが、周囲の目に臆することなく真っ先に動いたその行動力と、一生懸命な姿が可愛いと思った。

「可愛い」

「え？」

思わず心の声が漏れてしまったようだ。

女の子はキョトンとした様子で僕を見上げた。

「ううん、何でもない。ありがとう」

シミは全く取れていなかったがお礼を言うと、その子はにっこり笑って「えへへ、どういたしまして！」と元気よく返事をして席へと戻って行った。

僕を取り巻く者たちの打算的なソレとは違い、飾らないその笑顔が眩しくて、僕はその子が女神様のように見えた。

（ああ、思い出した。あの時の!!）

そうか、貴女だったのか。

まさかこんな巡り合わせがあるとは、夢にも思わなかった。

すぐに気づいていれば、その場で囲い込んでしまえたものを。クソ、僕としたことが。

だが、次こそは、あの時と同じ、美しい瞳と愛らしい笑顔の女神を決して逃したりはしない。

身分差が多少ネックになりそうだが、この程度の問題を自身で解決できなければ、到底レイヤー家の長など務まらないだろう。

僕の心は、決まった。

＊＊＊

今日は保護猫カフェの視察日。

本当は毎日通いたいところだけど、貴族の令嬢はマナーの授業や刺繍やらダンスレッスンやら何かと予定が詰まっている。

それに加えてリチャードから経営学の勉強と、保護猫カフェの運営についての指導もあるため、気づけば六日も間が空いてしまっていた。

あ、そこの君、「たったの六日?」と思ったでしょう。

君はあの可愛さを知らないからそんなことを言えるのよ!

あの毛並み、そしてツンデレを知ってしまった私からしたら、この六日間は本当に、本当に長かった。

「ああ、早くモフりたい! そしてできたら猫吸いしたい! 肉球プニりたい~! むふ、むふふ、むふふふ」

「お嬢様、心の声がダダ漏れです。授業に集中してください」

「あら失礼。一瞬あんたの存在を忘れていたわ」

そうだった。

本来なら家で経営学の勉強をするはずだったところを無理言って時間を作ったから、今日は馬車内でリチャードの経営学の授業を受けることになっていたんだっけ。

「はぁ、お嬢様は猫のことになるとポンコツになりますね」

「ポンコツで結構。猫様と戯れることができるなら、私は喜んでポンコツになるわ」

「……重症ですね……」

そんな会話をしつつ経営学の授業を受けていると、馬車はゆっくりと速度を落として止まった。

「やった! 着いた!」

「ちょっ!? お嬢様、急に飛び出すのはやめてください! 奥様に言いつけますよ!?」

「わ、分かったわ」

お母様は怒るとかなり怖いし、保護猫カフェを出禁にされては困る。

仕方ない、ここはリチャードに従うか。

あれ？　なんだかすごく立派な馬車が止まっている？

「リチャード、馬車が止まっているけど来客の予定なんてあったかしら？」

「いえ、そのような話は伺っていませんが」

「そうよねぇ」

ん、待てよ。

この馬車、見覚えがあるような。

「事情が分からないので、一先《ひとま》ず中に入りましょう」

「そうね」

何となく嫌な予感がする。

はやる気持ちを抑えて保護猫カフェに入ると、目に飛び込んできたのは白猫を抱きながら優雅に紅茶を飲む超絶美男子と、その従者。

(マ、マクシム様⁉　何でここにいるの⁉)

マクシム様は入り口で固まっている私の姿を見つけると、こちらに向かってきた。

「セリーヌ嬢、お邪魔しています」

いやいや、何故貴方がここにいる⁉

「マクシム様、ご機嫌よう。一体どうされたのですか？」

「実は四日前と二日前にレティを連れてこちらに顔を出したのですが、その際にセリーヌ嬢が本日いらっしゃると伺いまして。レティのお礼も兼ねて改めて挨拶に参りました」

マクシム様がふっと隣を見ると、院長さんは「ええ、そうです」とにっこり微笑んだ。

（えぇっ！　あれから更に二回も来ているの⁉　院長さん、そういうことは私にも伝えてー⁉）

「さ、左様でございますか」

院長さんは私たちが立ち話をしていることを気にしてか、席へ促した。

「マクシム様、今日から新作の猫クッキーと肉球フィナンシェが提供できるようになりましたので、ぜひお試しください」

あ、ちなみに猫クッキーも肉球フィナンシェも発案者は私ね。

席に着いたマクシム様は早速それらに食いついたようで、私に尋ねてきた。

「ねこクッキーと、にくきゅうフィナンシェ？　それはどういったものなのです？」

「こちらのカフェは猫好きの方が集まりますので、猫にちなんだ甘味を提供できないかと思いまして。そこで思いついたのが猫形のクッキーと、猫の肉球を模《かたど》ったフィナンシェですわ。本日から提供する予定でしたので、視察に来たのです」

「なるほど、カフェのコンセプトを考えたうえでの戦略ですか。いいアイディアですね。では、そちらをいただけますか？」

院長さんは「畏まりました。すぐにご用意いたします」と返事をし、カフェの奥へと引っ込んだ。

院長さんがいなくなると、マクシム様は私に話しかけてきた。

「ちなみにそれはセリーヌ嬢の案ですか？」

「ええ。カフェの発案者が私ですし、こちらで提供しているものは全て私のアイディアでできています」

「なるほど……」

あれ、マクシム様黙り込んじゃったけど、何かマズいことでも言ったかしら？

どうやら不安が顔に出ていたようで、マクシム様はハッと顔を上げ「失礼」と続けた。

「セリーヌ嬢は商才に溢れたお方だと感心しておりました。ラルミナル伯爵家では商売に関する教育も受けるのですか？」

「いえ、商才など……私はただ思いついたことを形にしたまでですわ。そうですね、このカフェを運営するにあたって、経営についての勉強はしております」

「ほう、貴族のご令嬢にしては非常に珍しい。流石は商売上手で有名なラルミナル家ですね」

「そう言っていただけると、きっと父も喜びますわ」

マクシム様が一口紅茶を飲むと、タイミング良く院長さんが注文した菓子を持ってきてくれた。

おお！　試作品よりもクオリティが上がっている!!

「わぁ、可愛い！　院長さん、この前試食したものよりこちらの方が断然良いです！」

「ありがとうございます、セリーヌ様。ここの従業員は手先が器用な子が多いので、最後まで試行錯誤するうちに完成度が上がりました」

マクシム様も興味津々といった様子でお菓子を眺めている。

「ほう、これは素晴らしい。よくできていますね」

これだけ可愛いと食べるのが勿体ない気がするけど、お客様にお出しするのだからオーナーである私も実際に提供されたものの味の確認はしておきたい。

「院長さん、私も食べてみてもいいですか？」

「ええ、ぜひ!!　お召し上がりください」

試しにクッキーを食べてみると、サクッとした食感で、バターの風味が口の中に広がる。

フィナンシェはしっとりした生地で、こちらもバターの風味豊かで食べごたえも充分だ。

「んんっ!!　どちらもとても美味しいです!!」

院長さんは嬉しそうな様子だ。

「それを聞いてほっとしました。従業員たちも喜ぶと思います」

どちらも甲乙つけ難いくらい美味しい。

だが、同じ洋菓子ということもあり、この二種類だけだと飽きてしまう気もする。

（ストロベリー味とか、レモン味とか、もっと味にバリエーションを持たせるのもいいかもしれないわね）

悩んでいた私の脳裏に、前世の和菓子の味が過《よぎ》る。

（そうだ、餡子《あんこ》を使ったお菓子なんかどうだろう）

「ただ……この種類だけでは味のバリエーションがないので、風味に変化を持たせるとか、いっそのこと別製品を新たに開発してもいいかもしれませんね。たとえば餡子《あんこ》を使って和風にしてみるとか」

「あんこ？　わふう？」

院長さんは単語の意味が分からないといった様子で首を傾げている。

あ、しまった！　もしかして、この世界には餡子《あんこ》は存在しないのかしら？

「あ、えっと……その。お、お父様が海外のどこかで仕入れた書物にそんなことが書かれていたような？　あ、あははは」

隣にいたマクシム様は聞き役に徹していたようだが、何かを思い出したのか会話に入ってきた。

「あんこ、とは、もしかして東の国の豆から作られた『アーク』を使用した菓子のことでしょうか」

「え!?　ええ、そうですわ」

ほっ、良かった。「アーク」がどんなものかは分からないけど、マクシム様のおかげで助かったわ。ああ、びっくりした。

「母が生前に、東の国から豆を取り寄せて料理や菓子に使用していましたが、その中に『アーク』を使った甘味もありました。あれは確かに癖も少なく食べやすいですね。しかし、東の国の菓子について知る者はこの国では稀だと思いますが、セリーヌ嬢がそれをご存じとは驚きました。東の国の書物は翻訳されているものも少ない。先ほどおっしゃった、『わふう』という言葉もこの国のものではなさそうですが、もしや、セリーヌ嬢は東の国の言語についてお詳しいのでしょうか」

げっ、そうなの!?　そもそも東の国がどんな国かも分からないのに、言語なんて知るわけない

じゃない⁉

ああ、どうしよう、簡単に書物とか言うんじゃなかった……なんて誤魔化そうかしら。

「え⁉　えーと……ち、父の仕事柄、異国の情報を家族にも伝えてくれたりするものですから。もしかしたら、そこで聞いた話だったかもしれませんわね。お、おほほほほ」

ちょっと苦しい言い訳だけど、うちが手広く商売をしているのは事実だし。

引き攣っているであろう笑顔を扇子で隠す。

これ以上この話を突っ込まれて余計な知識を披露すると、マクシム様に不審に思われそうなので話題を変えよう。

「あ、そうだわ！　このお菓子なら日持ちするし、お土産用にも作って孤児院とカフェ両方で販売するのも良さそうですね」

院長さんはすかさず私の言葉に食いついた。

「まぁ、それは良いアイディアですね！」

「その事業が軌道に乗れば、採用を増やしてカフェの求人に漏れた子たちも働くことができるわ。よし、帰ったらすぐに案を練って、院長さんに連絡いたしますね」

「ありがとうございます、セリーヌ様！　あ、マクシム様、内輪話をしてしまい大変失礼いたしました。どうぞごゆっくりお過ごしください」

げ、そうだった。

マクシム様がいる前でがっつりビジネストークを繰り広げてしまったわ。

「マ、マクシム様、申し訳ございません」

深く頭を下げてからチラッとマクシム様の顔を見て驚いた。

あの鉄仮面公爵が、微笑を浮かべている!?

「いいえ、気にしていませんよ。セリーヌ嬢は遠国の情報を知っているだけでなく、ビジネスの話もできる。博学で会話の幅が広く、話を聞いているだけで非常に興味深いです」

「そ……そうですか？」

「僕としては、貴族同士の世間話や噂話などよりずっとこちらの話の方が好ましいです。伴侶になる方ならば、特に」

「はぁ」

はんりょ？　何のことだろう？

首を傾げていると、マクシム様はレティちゃんの話を始めた。

「それより、先日はレティがお世話になりました。腕には傷痕など残ってはいませんか？」

「腕？　ああ、あの時の。大したことありませんし、動物を育てていればそのくらいは日常茶飯事なので気にしていませんわ」

「貴女は優しい方ですね、あの頃と変わらない……」

マクシム様が何かつぶやいたが、周囲の音でよく聞き取れない。

「え？　すみません、ここは少し騒がしいですね。もう一度お願いできますか？」

「いいえ、何でもありません。セリーヌ嬢は実に懐が深くて優しいお方ですね。ですが、ご令嬢に怪我をさせたのですから、ここは男として責任を取らなければいけません」

「え、ええ!? そんな、滅相もない！」

「いえ、僕の気持ちですから。そちらについては後日改めて手紙を出します。それと、こちらはセリーヌ嬢に渡したくて用意しました。ぜひお受け取りください。あっ、こら、レティ！」

マクシム様の腕の中で大人しくしていたレティちゃんは、保護猫たちの生活スペースの扉が開くのと同時に、突然床に飛び降りて中へ入ろうとした。

しかし、今回はリードが付いているため、すんでのところで止められてニャーニャー騒ぎ出した。

「すみません、レティはグレイという猫がすっかり気に入ってしまったようで、あそこの扉が開くとすぐに中に入ろうとするのです」

確かに前回のレティちゃんとグレイ君はとても仲が良さそうにくっついていた。

「リードを付けていますし、中に入れても大丈夫ですよ。きっとグレイ君も喜びますわ」

「そうですか、ありがとうございます。良かったな、レティ」

レティはマクシム様の顔を見上げながらニャーと鳴き、再び扉の前をうろうろし始めた。

(ここは私も中に入って様子を見よう。あ、猫様とのモフりタイムをただ満喫したいだけじゃないわよ。責任者としての立場で猫様を愛で……いや、監督するのが目的よ。まぁ、一先《ひとま》ず扉を開けよう。ああ、猫様～!!)

「扉を開けますね」

もう私の気持ちは完全に猫様一色だ。

足早に移動して扉を開けると、トラ君とグレイ君がお迎えをしてくれた。

（二人とも会いたかったよおぉ!!）

しかし、グレイ君は私をすり抜けレティちゃんと戯れ始めた。

あ、これは完全にレティちゃん目当てで、私は眼中にないな。

（グレイ君に振られた！　くっ、いいもん、私にはトラ君がいるから！）

トラ君は前回同様私の足にスリスリしてきた。

試しに撫でても、今回は逃げずに側にいてくれる。

（くぅっ！　可愛い!!）

入り口から少し移動して腰を下ろし、そのままトラ君とのモフりタイムを堪能することにした。

（ああ、幸せ。このままここの住人になりたい）

ちなみに数日前に野良猫を二匹保護したとの情報が入っているが、二匹ともまだ去勢や病気などの処置が済んでいないため、一旦カフェの別部屋に隔離している。

（保護した二匹の名前を決めてあげなきゃ。そして、早くこの空間に慣れてくれるといいな）

そんなことをぼんやり考えていると、いつの間にか隣にいたマクシム様が声をかけてきた。

「レティの伸び伸びとした姿を見ることができるのは、ここのカフェだけです。居心地が良いのでしょうね」

「!!　マクシム様、大変失礼いたしました！」

やっぱ！　またマクシム様をほったらかしにしちゃった！

「ああ、そう萎縮しないでください。セリーヌ嬢の言動はいつも興味深くて、ともに過ごしていて楽しいです。それに、貴女といるととても落ち着くんです。ですから、僕のことなど気にせず、いつも通りに過ごしてください」

「え、えと……はい」

扉越しにチラッとリチャードを見ると、明らかに呆れた顔をしている。

これは後で説教タイムが待っているな。

「本当はもっとゆっくり話をしたいところですが、実はこれから予定が入っていましてもう行かなければいけません。先ほど執事の方に贈り物をお渡ししましたので、後ほどご確認ください。……さ、レティ、今日のところは帰るぞ。また来ような」

レティちゃんは渋々マクシム様の側に戻ると、名残惜しそうにグレイ君を見ながらニャーと鳴いた。

マクシム様はレティちゃんを抱き上げ、出口に向かって歩き出す。

トラ君とのモフりタイムを中断して、慌ててマクシム様のお見送りのために私も後に続いた。

「マクシム様、せっかくお越しいただいたのに、大したおもてなしもできずに申し訳ありませんでした」

「そんなことはありませんよ。それに、これから長い時間をともにするのですから、そのような気遣いなど不要です」

「長い、時間？」

何のことだろうと思っていると、従者の方がマクシム様に「そろそろお時間です」と耳打ちをする声が聞こえた。

「失礼、時間が迫っているようです。また伺います」

マクシム様はそう言い残し、颯爽とその場を後にした。

（はぁ、どっと疲れた。それより、はんりょ？　長い時間をともにする？　一体何のことだろう？）

首を傾げながら扉を閉めるとリチャードの呆れ顔が目に飛び込んできた。

「お嬢様、マナー教育をやり直した方が良いんじゃないですか？」

「リ、リチャード……」

「今日のことは奥様に報告しますからね。ええ、詳細までしっかりと」

「リチャード!?　そんなぁ!?」

「偶然とはいえマクシム卿にお会いしたのですから当然でしょう。それに、お嬢様は私より奥様からのお言葉の方がよく効きますからね」

死刑宣告を受けた私はモフりタイムどころではなくなり、そのままリチャードに連れられ帰宅することになった。

その後、必死で馬車の中でお母様への言い訳を考えていたため、マクシム様の贈り物のことはすっかり忘れていた。

まさか、その贈り物が波乱を呼ぶことになるとは――

第三章　狙った獲物は逃さない

保護猫カフェに行った数日後。

私はマクシム様からいただいた贈り物を見て、首を傾げた。

（これって……どう見ても、指輪だよね？）

私の前には、目も眩むほどの宝石が付いた輪っかが鎮座している。

この国では、恋仲同士でアクセサリーを贈り合う文化がある。しかし、指輪だけはプロポーズや婚約の時など、結婚にまつわるシーンにのみ男性から女性に贈られる特別なもの。

指輪を贈られた女性は一旦受け取り、断る際は指輪を相手に返すことで意思表示をするのが正しいお作法だ。

（誰かへの贈り物と間違えたのかな？）

うーん、いくら考えても答えが出ない。

指輪を見ながらウンウン考えていると、何やら屋敷内が騒がしくなった。

「セリーヌ！　セリーヌはどこだ!?」

この声はお父様ね。

朝っぱらから声を荒らげて、一体何事かしら？

「お父様、私はここですわ」

「セリーヌ!!」

うわっ！　何!?

朝っぱらから抱き着いてきて暑苦しいんですけど!?

「お、お父様!?」

騒ぎを聞きつけたお母様や屋敷の者たちもバタバタとやってきた。

「貴方、朝から一体どうしたのです？」

お父様は絞り出すような声でつぶやいた。

「えんだん」

「「は？」」

お父様はガバッと顔を上げて叫んだ。

「セリーヌに、縁談が来たんだ！」

わっ、うるさっ！　耳元で大声出さないでよ！

……って、え？　私に縁談!?

お母様も寝耳に水、といった様子だ。

「え、縁談!?　い、一体どこの家からそんな話が!?」

お父様はワナワナと震えながら口を開いた。

「レイヤー公爵家だ」

「「!?」」

レイヤー公爵家って、もしかしてマクシム様⁉

じ、じゃあ、あの指輪はもしかしてそういうこと⁉

「貴方、レイヤー家にはご子息が二名おりますわ。お相手はどちらなのですか？」

お父様ははっきりとした口調で返事をした。

「マクシム卿だ」

え、ええーー⁉　やっぱりマクシム様が縁談のお相手⁉

攻略対象者なのに、ヒロイン差し置いてなんで私に縁談が来てんのよ⁉

ヒロインはどうした、ヒロインは‼

「レイヤー公爵家のマクシム様⁉　貴方、それは本当なの⁉」

「ああ、間違いない」

「まぁ、なんてことかしら！　レイヤー家に嫁ぐことになったら玉の輿よ！　ああ、そうとなればすぐにお返事を出さなければいけないわね！」

お母様は嬉々とした様子だが、対照的にお父様の顔は沈んでいる。

「いや、だ……」

「は？　貴方、何ですか？」

「セリーヌが！　大事に育ててきた愛娘が他の男に奪われるなんて‼」

お母様は盛大にため息を吐いて、呆れた様子でお父様に向かって吐き捨てた。

「貴方、セリーヌはもう十三歳ですわ。この年の令嬢なら婚約者くらいいてもおかしくないでしょう？　我が家の跡取り問題については養子縁組でもすれば問題ないはずですよ」

「それは分かっている、分かっているが……すまん、取り乱した。少し頭を整理してくる」

お父様、物凄く凹んでいるわね。

目にうっすら涙を浮かべ、誰が見ても明らかに落ち込んだ様子のお父様は、そのまま自室に引きこもってしまった。

それを見たお母様はやれやれといった様子で私に話しかけてきた。

「セリーヌ、お父様は放っておいて朝食にしましょう」

なんてことだ。何かの間違いではないか。

とりあえず、攻略対象者と関わってトラブルに巻き込まれたくはない。なんか宝石もでかいし。

指輪は返そう。そうしよう。

――以上が、一週間前の出来事だ。

ちなみに縁談に返事を出した後、お父様は一度公爵家に呼び出されたらしい。

その時どのような話をしたのか、詳細までは聞くことはできなかったが（聞こうとするとお父様が男泣きしそうだったので聞けなかったのよね）最短の日時でお見合いの日取りが決まり、現在に至る。


「「…………」」

目の前には麗しの鉄仮面公爵、いや、マクシム様がいて、無言のまま私を見つめている。

実は現在進行形でお見合いの最中なのだが、圧迫面接レベルの緊張感に耐え切れなくなった私は、つい意識を過去に飛ばしてしまっていたようだ。

しかも本来なら身分の低い家が身分の高い家に挨拶に伺うものだが、マクシム様の希望により我が家でお見合いが行われることになり、お母様も緊張気味だ。

お父様はレイヤー公爵と別室にて会談中のため、私、お母様、マクシム様の三人でお茶をしながら歓談する流れになったのだが……。二人の間に流れる何とも言えない空気を察知したお母様は、なんとかしなければと思ったのか、マクシム様に話しかけた。

「ほ、本日はセリーヌも緊張しているようですわね。もし、よろしければお二人で庭を散策されてはいかがでしょうか？　レイヤー家のお庭に比べたら質素なものですが、草花を鑑賞しながら散策すれば会話も広がりますわ」

そして『ぼさっとしてんじゃねぇ！』と言わんばかりに、お母様はテーブルの下で思いっきり私を小突いてきた。

い、痛った⁉

「は、はい、お母様。マクシム様、ご案内いたしますわ」

マクシム様は「では、お言葉に甘えて」と言いながら立ち上がるとそっと私の手を取った。

はわわわわわ。き、距離が近い！

「セリーヌ嬢、よろしく頼みます」

(わぁ、近くで見ても綺麗な顔)

マクシム様は本当に顔が整った方だ。

いや、顔だけではない。マクシム様は長身でスタイルも抜群だ。

前世の男性芸能人やモデルたちと並んでも、その容姿は抜きん出ているだろう。

前世も現世もイケメンとは縁遠い世界にいた私からすると、マクシム様のような超越した美貌を持った男性とどう接していいのか分からない。

私が余計なことを考えていると、マクシム様はそのまま私の手を持ち上げ、手の指にそっと口付けを落とした。

ま、待って！　刺激が強い!!

「ココココチラデスワ」

うぎゃー、声が裏返った！

（は、恥ずかしい！）

お母様も私を見て不審そうな顔をしているし、とりあえずこの場を離れよう!!　歩いていればきっと気も紛れるし。

足早にマクシム様と庭園の方へ進む。

……ん？　何だろう、手が温かいな。

（ハッ!?　しまった！　マクシム様と手を繋いだままだったわ！）

「マ、マクシム様、大変失礼いたしました」

手を離そうと力を緩めたが、マクシム様はがっちりと私の手を握ったまま放してくれない。

「あ、あの……マクシム様？」

マクシム様の美しい瞳がじっと私を見据える。

「セリーヌ嬢、贈り物は気に入っていただけましたか？」

ああ、あのでっかい宝石のついた指輪ね。

「マクシム様、私にあのようなものは分不相応でございますわ」

マクシム様は一瞬瞬きをすると、ふむと考え込むような仕草をして再び口を開いた。

「あれでは物足りませんでしたか。大変失礼しました。では、異国からもっと大きな石を取り寄せましょう」

ちょ！　ちょま!?　この人、何言ってんの!!

「いえいえ、そうではなく、私にはあのような高価なものは恐れ多いという意味でございます」

マクシム様は私の言葉を聞くと、ほっとしたような表情で見つめてきた。

こんなにはっきりと感情が表に出ているマクシム様を見るのは初めてだ。

「物足りないというわけではなかったのですね、それは良かった」

「あんなに豪華な指輪をいただいて物足りないわけがありませんわ。ですが、その……何故、私に？」

マクシム様は、ピタッとその場に立ち止まった。

「あの頃と変わらない、貴女のその笑顔を一番近くで見たいと思ったのです」

「え？」

あの頃？

マクシム様とは保護猫カフェで会う以前にお会いしたことなんてなかったはずだけど？

うーん？　と首を傾げていると、マクシム様はそのまま話を続けた。

「僕は、愛だの恋だのといった感情がよく分かりません。それでも、貴女の側にいると不思議と心が落ち着くのです。僕は今まで、亡くなった母と、レティ以外にそんな感情を抱くことはなかった。貴女は聡明で、僕の理想とする婚約者像にぴったりの方でもありますが、それを抜きにしても貴女の側にいたい、貴女の笑顔をもっと見たいと思った。それが理由です」

……私、どうしたんだろう。

動悸がする。全身が熱い。

(うう、指輪を返そうと思っていたのに。そんなことを言われては返すことができなくなってしまうではないか)

マクシム様は私の手を握ったままその場に跪《ひざまず》き、手の甲に口付けを落とした。

うひゃーー!!　に、二度目の手にチュー!!

「セリーヌ嬢、成人したら私と結婚してください」

「で、ですが……」

私が否定の言葉を口にした途端、マクシム様の瞳がギラリと妖しく光った。

それは、まるで肉食獣の「狙った獲物は逃さない」というような目付きで、背筋にゾゾッとした冷たい何かが走るのを感じた。

「私はセリーヌ嬢の腕に傷をつけてしまいましたし目撃者もいます。責任を取る意味でも貴女との結婚は必要です。ああ、レイヤー家に嫁いでも保護猫カフェの運営はできますよ。何なら資金援助をしてカフェを拡大しましょうか？　屋敷内に保護猫たちを住まわせるスペースを作ってもいいですね」

畳みかけるように、こちらのメリットを提示するように見せかけて逃げ道を塞いでくる。

（前回言っていた責任ってこのことだったのか！）

確かに傷物の令嬢などと噂が広がれば、今後の結婚は難しくなる。

それに、保護猫カフェの拡大に、屋敷内で猫を飼っても良いだと⁉

私の気持ちは完全に傾いてしまった。

「そ、それでしたら……」

マクシム様はにっこりと眩しい笑みを浮かべて立ち上がった。

って、マクシム様、笑えるんだ⁉

そして、美男子の笑顔ってめっちゃ破壊力あるしーー‼

「では決まりですね。これからは婚約者としてよろしくお願いします」

「は、はい……」

勢いでOK出しちゃったけど、大丈夫だろうか。

不安は残るが、まだ結婚前だし、最悪何かあったら婚約破棄もできるよね⁉

そう思っていると、マクシム様は早速私の腰に手を回して「さぁ、皆にも伝えましょう」とエス

コートしてきた。

ちちち近い！　距離が近いよ!?

急展開に加えて超絶美男子のボディタッチで思考回路がパンクした私のそこからの記憶は曖昧だが、親同士も無事に話がまとまったらしく、今日の会はお開きになった。

（ああ～、疲れた）

怒涛の展開に頭がフラフラする。

レイヤー家ご一行を見送った後、お父様とお母様を振り切り自室に戻ると、ドレスのままベッドにダイブした。

はしたないけど、小言を言うノアたちはまだお母様やお父様の側にいたので、しばらく私の元には来ないだろう。

ふああ～、眠くなってきた。少し休んでから……顔を出そ……う……

＊　＊　＊

（はぁ～、縁談が終わったかと思えばお茶会かぁ）

マクシム様との婚約が正式に発表されてから一週間後、私は同世代の令嬢が集まるお茶会に招待された。

招待状には、年の近い令嬢が親睦を深める目的で開かれるものだと記載されていた。

（そもそも今のセリーヌには友達なんていなかったはずだけど、何でいきなりお茶会なんかに誘われたんだろう）

セリーヌは自分の容姿に自信が持てず、引っ込み思案なところがあった。

そのため、同世代の令嬢との付き合いに積極的になれず、友達もできなかったようだ。

（思い当たるとすれば、マクシム様との婚約が原因かなぁ。招待状が届いたのも婚約が公になった後のことだし）

馬車に揺られながらそんなことを考えていると、とある屋敷の前で馬車が止まった。おっと、ついに到着したわ。

（おぉ、なかなか立派なお屋敷ね）

今回招待されたのはペリニョン侯爵家。ラルミナル家より格の高い家だ。

やや緊張しながら馬車を降りると、ペリニョン侯爵家の従者が声をかけてきて、屋敷内へと案内してくれた。

（この世界でも、仲の良い友達ができると良いなぁ）

そんなことを思っていると、従者がサロンの扉を開けた。

すると、そこにいた令嬢たちがザザッと一斉に私の方を見てきた。

（うわっ、いきなり注目されると緊張する！）

しかし、その視線は好意的なものとは違うようだ。

令嬢たちの、まるで品定めでもしているかのような嫌な視線に、先ほどのお花畑のような思考は掻き消えた。

（これ、もしかして参加しない方が良い集まりだったのかしら）

穏やかではない空気を感じていると、奥からストレートの黒髪ロングを可愛らしいリボンで飾り、プリンセスラインの豪華なドレスに身を包んだ令嬢がやってきた。

そう、本日の主催者であるジュリエット様だ。

ちなみにジュリエット様とは一度、お母様について参加した大人同士のお茶会でお会いしたことがある。

「セリーヌ様、ようこそいらっしゃいました」

「ジュリエット様、本日はお招きいただきましてありがとうございます」

ジュリエット様は挨拶が済むとジロジロと私を眺めて、少し驚いた様子を見せた。

「セリーヌ様、本日はピンク色の装いではないのですね」

ああ、あの、林家〇ー子もびっくりなピンクドレスのことね。

「ええ、あのドレスは幼いデザインでしたし、私には似合わないものだったので新しいドレスに変えましたの」

私の言葉を聞いたジュリエット様はふふっといやらしい笑みを浮かべた。

「まぁ、そうですわよね。あのピンク色のドレス、凄く目立っていましたもの。でも、あのドレスを着なくなっては『ピンク令嬢』ではなくなってしまうのではないですか？」

「ピンク令嬢」？　一体何のことだろう。

私が一瞬返事に困っていると、周りの令嬢たちがクスクスと笑い出した。

その反応で「ピンク令嬢」は私の陰のあだ名だったことを悟った。

（ああ、これはあれか。女子によくある集団いじめ的なやつか。やっぱり今日の会は断るべきだったわね）

内心ガッカリしたが、ここで「はいさようなら」と帰るわけにもいかない。

「まぁ、立ち話も何ですからこちらへどうぞ。今日はセリーヌ様とたくさんお話がしたいですわ」

「ありがとうございます。ではお言葉に甘えて」

心にもないことを口にしつつ、作り笑顔のまま席に着くと、私の分の紅茶が運ばれてきた。

それを確認したジュリエット様は切り出した。

「皆、『ピンク令嬢』と『鉄仮面の貴公子様』の婚約話で盛り上がっていたのですよ」

周りの令嬢たちはクスクスと笑いながら、ジュリエット様の話に頷いている。

ああ、嫌だな、この空気。

「やっぱりあのピンク色のドレスで誘惑されたのですか？」

「目立って気を引こうだなんて、まるで鳥の求愛のようですわね」

「クスクス、鳥だと小さすぎるんじゃないかしら？　もっと大型の動物でないと」

なっ！　面と向かって、ドレスで誘惑だの、鳥の求愛だの、しまいには大型の動物って⁉

確かに私は背が高いけど、スレンダーだし、高いところには手が届くし、前世のチビだった時よりよっぽど便利よ！

チクショウ、言わせておけば好き勝手言いやがって！

「まぁまぁ、皆様。ここはセリーヌ様のお話を聞こうではありませんか」

ジュリエット様は余裕たっぷりに上から目線で私の意見を求めてきた。

そっちがその気なら、こっちも黙ってはいない。

「皆様、そのようなつまらない噂話で盛り上がっていたのですか」

私の言葉を聞いたジュリエット様の目が吊り上がった。

あ、これはカチンと来た様子ね。

「つまらない、噂話？」

「ええ。確かに私とマクシム様は先日婚約いたしました。しかし、私から誘惑したことなど一度もありませんし、そもそもこの縁談はレイヤー公爵家からのお話ですわ」

ジュリエット様は私の言葉を聞くなり、開いていた扇子をバチンと勢い良く閉じた。

「よくもまぁ、そんな嘘を思いつきますわね。ただでさえ身分違いの縁談ですのに、レイヤー公爵家から話を持ちかけるだなんて有り得ませんわ」

この国では、身分違いの結婚の場合、身分の低い家が身分の高い家へ伺いを立てるのが通常だ。

「確かにこの国の慣習からすると異例のことですが、私の話は嘘ではございません」

ジュリエット様は唇をキツく閉じ悔しそうな表情を浮かべていたが、何か思いついたのか皮肉げな笑みを浮かべた。

「ああ。確か、ラルミナル家は商売で有名なお家柄でしたわよね？　もしかしてレイヤー公爵家に賄賂でも贈ったのではなくて？」

「賄賂？」

この女、何言ってんの？

天下のレイヤー家が買収なんてされるはずがないじゃない。

確かにうちは、先代からの商売がうまくいっているから伯爵家にしてはお金がある。というか、お金だけで言えばこの国の貴族の中でも公爵家に次ぐ資産があると思う。

だが、たとえ王族だとしてもあのレイヤー公爵家を買収できるわけがない。そんな簡単な話ではないことくらい、貴族の内情を知っていれば分かるはずだ。

「きっとそうよ、そうでなければ誰が『ピンク令嬢』なんかを娶《めと》るだなんておっしゃるのかしら？」

周りもクスクスと笑い出す。

ああ、もう、こんなつまらない話早く切り上げよう。

そして空いた時間で保護猫カフェに行って、モフりタイムを満喫しよう。

「確かにラルミナル家は、下世話な噂話をしている方々より財力はございますが、賄賂など贈っていませんわ。それにレイヤー公爵家がわが公爵家如きに買収されるようなお家柄ではないのは貴族の内情を知っていれば理解できることだと思いますが。……まさか、そんなこともご存じなかったのですか？」

皮肉たっぷりに言い返すと、ジュリエット様はまるで般若のような鋭い目つきでガタッと席を立った。

そして、次の瞬間、バシャッと温かいものがドレスにかかった。

「煩《うるさ》い！　さっきから何よ！　アンタが横から邪魔しなければ、私がマクシム様の婚約者になるはずだったのに！　この泥棒猫!!」

（わぁ〜、泥棒猫って本当に言う人いるんだ）

ドレスを見ると、茶色いシミができている。

そう、キレたジュリエット様は私に紅茶をぶっかけてきたのだ。

流石に周りの令嬢たちもやりすぎだと思ったのか、ジュリエット様を宥《なだ》めた。

「ジュリエット様、お気持ちは分かりますが少し落ち着きましょう」

「そうですわ、せっかくの美味しい紅茶が台無しになってしまいます」

ジュリエット様は肩を震わせながら無言で席に着いた。

（ここまでされて呑気にお茶会なんてできないでしょ。ドレスのシミも心配だし、今日はもう帰りましょう）

「ジュリエット様、服が汚れてしまいましたので今日のところは失礼いたしますわ」

私は、怒りに震えるジュリエット様と、ジュリエット様を気遣う取り巻きに一礼すると、さっさとその場を立ち去った。

（はぁ、やれやれ。とんだ目に遭ったわ）

側で待機していたノアはハンカチをドレスに当てながら声をかけてきた。

「お嬢様、大丈夫ですか!?　どこか熱かったり痛かったりはしませんか？」

「ノア、ありがとう。私は大丈夫よ」

ノアの優しさが沁みる。

張り詰めていたものがふっと途切れたのか、急に目の前が滲んできた。

「お嬢様に言いがかりをつけて紅茶をかけるだなんて、あんまりですわ！　ジュリエット様も、あの場にいたご令嬢方も陰湿すぎます！」

「へぇ、そんなことがあったのですか」

「ええ、そうなんです！　ですが、あのような陰湿な嫌がらせを受けてもお嬢様は終始凛とした姿勢で対応しておられて、私、感動いたしましたわ」

「流石は僕の婚約者です。しかし、その令嬢たちは許せませんね」

「ええ、ええ！　そうですすと……えっ!?」

あまりに自然に会話に入ってきたため気づかなかった。

私たちがババッと振り返ると、そこには無表情の美男子が立っていた。

＊　＊　＊

「マ、マクシム様!?」

驚いた様子で僕を見るセリーヌ嬢と、ノアという彼女付きの侍女。

まぁ無理もない。ここはペリニョン家の玄関口なのだから。

「驚かせてしまい申し訳ありません。実は本日、ペリニョン侯爵と商談をしていたのです。まさかセリーヌ嬢とこんなところでお会いできるとは思ってもいませんでした」

良く見るとセリーヌ嬢の瞳が濡れている。

それを見た瞬間、心の奥が激しくざわついた。

「おお、これはラルミナル家のセリーヌ嬢でしたか！　娘と交流があったなんて驚きましたぞ！」

娘の失態を誤魔化すつもりなのか、隣で騒ぎ立てるペリニョン侯爵の声が耳障りだ。

さっさとコイツを黙らせてセリーヌ嬢をこの場から解放してやらねば。

「ペリニョン侯爵、どうやら僕の婚約者が嫌がらせを受けたようです。彼女の身にこれ以上何かあってはいけないので今日のところは失礼します」

僕の言葉を聞いたペリニョン侯爵の顔がサァッと青ざめた。

「マ、マクシム卿、お待ちください！　うちの娘がそんなことをするなんて有り得ません、きっと何かの間違いでしょう！　それに商談はまだ」

プツン。

僕の中で何かが切れた音がした。

「ほう、ペリニョン侯爵。彼女が嘘をついているとでも？」

「！　い、いえ、そんなつもりで申し上げたわけではなく」

「彼女をこれ以上侮辱するなら、それは僕への侮辱と捉えますが」

「マクシム卿、申し訳ございません！　決してそのようなつもりはございません！　で、ですが、まだお伝えしたいことが残っていまして……」

「商談についてはあの資料があれば充分だと言ったはずです」

「で、では、前向きに検討されるというお話でお間違いはございませんか？」

うんちくばかりで的を射ていない発言ばかりだったので商談を終わらせるつもりで長話を断ち切ったのだが、まさかコイツは「前向きに検討する」の意味すら知らないのか？

「ええ、ですから『前向きに検討させていただきます』……では、失礼」

セリーヌ嬢を侮辱したコイツも、コイツの娘も二度と見たくない。

そして、今後もセリーヌ嬢に接触するようなら、この世から消えてもらおうか。

「ああ、そうだ。今後セリーヌ嬢に接触した場合、今日の件を含めて告発するつもりでいますので、ご承知おきください」

僕の言葉を聞いたペリニョン侯爵の顔からは完全に血の気が引いている。

令嬢同士の話とはいえ、僕の婚約者に手を出したのだから当然の報いだろう。

僕たちのやり取りを見てその場で固まっているセリーヌ嬢の手を引くと、そのままレイヤー家の馬車に強引に乗せた。

「マ、マクシム様。あの、私も馬車で来ておりますが」

「セリーヌ嬢、今日はレイヤー家の馬車で送ります。嫌がらせを受けた後ですから、その方が安全でしょう」

セリーヌ嬢はモゴモゴと何かを口にしていたが、そのうち黙り込んでしまった。

先ほどは良く見えなかったが、隣にいるセリーヌ嬢のドレスには紅茶らしきシミがくっきりと残っている。

それに、先ほどセリーヌ嬢は涙を浮かべていた。

よっぽど辛い思いをしたのだろう。

(涙を流してはいないだろうか？)

俯いているセリーヌ嬢の表情が気になる。

手をセリーヌ嬢の顎に添えてグイッとこちらに向かせた。

セリーヌ嬢は顔を真っ赤にして驚いたような表情を浮かべている。

(良かった、もう泣いていない)

すると、セリーヌ嬢は急に顔を手で覆ってしまった。

「ママママクシム様、そんなに凝視されては恥ずかしいですわ！」

「ああ、失礼。貴女の表情が見たかったので、つい」

顔を覆ったのは恥ずかしさ故の行動か。

こんなことで動揺するなんて、可愛いな。

「もう！　……それよりマクシム様、商談は良かったのですか？」

「ああ、あれですか。元々断るつもりだったので問題ありません。それより、セリーヌ嬢は大丈夫ですか？　辛い思いをされたのでしょう」

セリーヌ嬢はフルフルと首を振ってにっこりと笑った。

「私は大丈夫です。確かにジュリエット様たちの仕打ちには驚きましたが、稚拙なやり方でしたので私でもあしらうことができましたわ」

「そうですか」

彼女はそれ以上何も言わずに、僕に優しい眼差しを向けている。

何故、貴女はあんな辛い目に遭ったのに、その原因である僕を責めないのだろうか。

「貴女は僕を責めないのですか？」

「え？」

「今日の件は、完全に僕の配慮不足です。貴女と婚約するにあたり、釣書を送ってきた令嬢たちにもっと丁寧な対応をしていれば貴女はこんな目に遭わなかった。セリーヌ嬢、申し訳ありません」

「マ、マクシム様!?　お顔を上げてください」

ふと視線を上げると、セリーヌ嬢が困惑したような顔で僕を見つめている。

「謝る必要などありません。そもそも、今日のことはジュリエット様のお気持ちの問題でしょう？　マクシム様は何も悪くありませんわ」

驚いた。

僕の失敗を、セリーヌ嬢は何一つ責めることなくあっさりと受け入れてくれた。

「それに、マクシム様はあの時、ペリニョン侯爵ではなく、私の話を信じてくださいました。私、凄く嬉しかったです。それだけで私は充分ですわ」

セリーヌ嬢はそう言うとニコッと柔らかい笑みを浮かべた。

何だろう、凄く胸が熱くなる。

「セリーヌ嬢、ありがとう」

セリーヌ嬢は「こちらこそ、ありがとうございます」とふふっと笑いながら返事をすると、そのまま視線を逸らして外の景色を眺め始めた。

貴女を帰したくない。

その笑顔を僕だけのものにしたい。

湧き上がる思いをぐっと堪えていると、セリーヌ嬢が「あ、もうすぐ着きますね」と小さくつぶやいた。

「セリーヌ嬢、また貴女の身に何か起こっては大変ですから、これからは今まで以上に時間を作って保護猫カフェとラルミナル家、両方に伺うようにします」

もっともらしいことを言っているが、本当はただセリーヌ嬢の側にいたいだけだ。

セリーヌ嬢は困惑した様子で、どう返事をしたら良いか悩んでいるようだ。

これは、少し攻めすぎただろうか。

「レティも連れて行きますので、その際はぜひ遊び相手になってください」

「レティちゃんですか⁉　ええ、ぜひ！」

僕の存在はレティに負けるのか……

レティは大切な猫だから、セリーヌ嬢に可愛がってもらえるのは嬉しいが、少しやるせない気持ちだ。

いや、しかし、僕にとってはそれも好都合だ。

「ああ、着きましたね。セリーヌ嬢、近々また会いましょう」

「マクシム様、ありがとうございます」

セリーヌ嬢をエスコートして馬車から降ろし、別れの挨拶を済ませると、馬車はまたレイヤー家に向かって動き出した。

セリーヌ嬢といると、今まで抱いたことのない気持ちが次々に湧き上がる。

貴女の声を聞くと心が躍る。

貴女の姿を見ると抱き締めたくなる。

貴女の笑顔を見ると嬉しくなる。

そして、そんな貴女の全てを手に入れたいと渇望する。

(この感情の名は)

幼少期のあの記憶。

あの時はまだ幼く理解できていなかったが、僕はずっと貴女に惹かれていたのだろう。

ああ、そうか。

この感情を、世間では「恋」というのか。

第四章　猫好きに悪い人はいません！

あのお茶会事件から数日後、私は保護猫カフェに向かうことにした。

いつもならウハウハな気分で向かうところだが、今日はそんな気分になれない。

何故なら、マクシム様も来店することになっているからだ。

（はぁ、どんな顔をして会えばいいのかな）

馬車に揺られながら、お茶会での出来事を思い返していた。

お茶会事件は、ジュリエット様に受けた仕打ちよりむしろ、マクシム様の言動が衝撃的だった。

それはそうだ、鉄仮面で知られるマクシム様が怒りを露わにしたのだから。

そして、私のことを信じてくれて、あの場から守ってくれた。

（マクシム様は以前、私の側にいたい、私の笑顔をもっと見たい、って言ってくれたけど、あれは本心だったってこと？）

私はマクシム様が私を選んだ理由を、商才がある＝仕事の補佐役に使いやすいから、猫好き＝レティちゃんのお世話係にできるから、つまり、使い勝手が良いからだと思っていた。

しかし、どうやら彼はそれだけではなく、私の人柄も好ましく思ってくれていたようだ。

私も——マクシム様のしてくれたことが嬉しかった。あの時のことを思い出すと、胸が熱くなって……

（あ〜、こーゆー時、恋愛経験があれば色々分かりそうなのになぁ。前世も現世も喪女の私じゃ答えなんて出せないわ）

それと、馬車でのあの出来事。

あの超絶美形と見つめ合ったり、顎クイされたり。

（ああああ！　私、あの時絶対ニヤけたり変な顔したりしていたよね!?　思い出しただけでも恥ずかしくて死にそう！）

白状しよう。

私はマクシム様の外見がめっちゃタイプなのだ。

あの顔でグイグイ来られた日には、猫様の前と同様に、私の思考回路はポンコツになってしまう。

（あんなことがあったから、余計意識してしまう〜！　はぁ、いかん。しっかりするのよ、私！）

頭をブンブンと振って、両手でパァン！　と両頬を叩き、気合い注入する。

そんなことをしていると、馬車はゆっくり速度を落として止まった。

どうやら、保護猫カフェに到着したようだ。

馬車から降りると、すでにもう一台馬車がある。

（マクシム様はもう来ているのか）

ドキンッ！　と高鳴る胸をスーハーと深呼吸しながら抑えていると、隣にいたノアが保護猫カフェの扉を開けた。

真っ先に視界に入ってきたのは、優雅に紅茶を飲むマクシム様と、マクシム様の腕に抱かれたレティちゃん。

（うっ！　今日も眩しい！）

まるで絵画のような光景に一瞬見惚れていると、マクシム様はすくっと立ち上がり私たちの方へやってきた。

「やぁ、セリーヌ嬢。お邪魔しています」

「マクシム様、ご機嫌よう」

入り口で挨拶をしていると、院長さんが「セリーヌ様、ご案内いたします」と席に通してくれた。

席に着くや否や、マクシム様は私の顔をじっと見つめてきた。

「セリーヌ嬢、あの後は大丈夫でしたか？」

「ええ。お陰様で何事もなく過ごしておりますわ」

私の言葉を聞いたマクシム様はほっとした様子で「そうですか、良かった」と返事をした。

「しかし、今後も何があるか分かりません。少しでも異変を感じたら、すぐ僕に相談してください。貴女の身に何かあったらと思うと、僕は生きた心地がしない」

「え？　は、はぁ」

あれ、マクシム様って実は心配性だったのかしら？

なんかゲームのツンツンキャラとはだいぶ違う気が……

「あ、そういえばマクシム様。先週から新しい猫ちゃんが仲間入りしたのです」

「ああ、先ほど拝見しましたよ。三毛柄と黒ブチ柄の猫ですよね？」

「そうです、その二匹です！　最初は隅っこの方で怯える様子もあったみたいですが、だいぶ環境に馴染んできたみたいで、最近では先住の猫たちと餌を取り合う姿も見せるようになってきているんですよ」

「そうですか。それでしたら今日はレティを中に入れない方が良さそうですね」

確かに新人猫が環境に早く馴染むためには、他の猫が出入りするのは避けた方が良い。

でも、それだとレティちゃんとグレイ君が遊べなくなってしまうし……あ、そうだ！

「それでしたら、別室で二匹を遊ばせるのは如何ですか？　新入りの猫ちゃんたちがいた部屋なのですが、今は使用していないので」

「別室があるのですか。なるほど、それはいいアイディアですね」

あ、待てよ。

あの別室はあまり広さがないから、付き人が待機するスペースがないかも。

「あの……ただ、別室は狭いので、従者が入るスペースがないのです」

「ああ、それなら外に待機させれば良いでしょう。僕もセリーヌ嬢と二人きりになりたかったし、都合が良いです」

部屋に、ふ、二人きり!?

あんなことがあった後だし、どうしても意識しちゃうから、できれば二人きりは避けたかったのだけど。

でも、すでにマクシム様は席を立つ準備をしているし、今更「やっぱりやめましょう」とも言いにくい。

「え、ええ。では、ご案内いたしますわ」

言い出したのは私だし、仕方ない。一先《ひとま》ず部屋へ案内しよう。

猫の生活スペースからグレイ君だけを抱き上げ、マクシム様を二階の別室に案内した。

狭いスペースではあるが、人間用に簡易的な応接セット、猫用にキャットタワーやおもちゃなど、一通りの設備は整えてある。

「すみません、簡素なお席しかないのですが」

「ああ、そんなこと気にしないでください」

マクシム様を席に案内し、グレイ君を部屋へ降ろした。

グレイ君が早速レティちゃんを抱くマクシム様の足元をグルグル回り出したので、マクシム様もレティちゃんを床へ降ろす。

二匹はスリスリしたりフンフンと互いの匂いを嗅いだり、仲良さそうに交流し始めた。

やっぱり二匹は仲良いなぁと思いながら微笑ましくその様子を眺めていると、マクシム様が話しかけてきた。

「二匹は仲が良いですね。まるで運命に引き寄せられたかのようだ」

「ええ、そうですね」

「もしかしたら、僕たちがこうして出会ったのも、運命に引き寄せられた結果かもしれませんね」

「え」

あの鉄仮面公爵様が、急にロマンチックな発言を⁉

返事に困っていると、マクシム様は話を続けた。

「セリーヌ嬢に偶然出会ったあの日から、僕は今まで自身でも知らなかった感情が内に宿ることに気づきました。そしてそれは確信に変わった。僕はどうやら貴女に恋をしているようです」

こ、ここ、こここ恋⁉

恋や愛が分からないと言っていた、マクシム様が⁉

「ママママクシム様、いきなり何を⁉」

慌ててマクシム様の方を見ると、マクシム様は情熱のこもった熱い眼差しで私を見つめている。

ああ、そんな目で見つめられたら私のポンコツ脳は思考を止めてしまうではないか！

「セリーヌ嬢に気がないことは分かっています。だからすぐにとは言いませんが……」

マクシム様は私の手を握ってきた。

待って⁉　今、手汗が凄いから恥ずかしい‼

手汗が気になって仕方がない私を他所《よそ》に、マクシム様は私の手の甲に唇を当ててきた。

「少しずつで良い、僕を見て。そして僕のことを知ってほしい」

あばばばばば！　人生三度目の手にチュー‼

ハッ⁉　いけない、返事をしなければ！

「は、はいぃぃ」

我ながら情けない声で返事をすると、マクシム様はふっと微笑んだ。

んなっ！　マクシム様がまたもや笑っている⁉

それに、笑顔が神々しすぎるぅぅぅ‼

「セリーヌ嬢、これからも末永くよろしくお願いします」

「よ、よろしくお願いします」

ヤバい、鼻奥がツンとする。

この場で鼻血ブーするわけにはいかないし、でも手は握られたままだし、ああどうしよう。

すると、タイミング良くコンコンッと小さく扉を叩く音が聞こえた。

「すみません、そろそろ時間のようです」

マクシム様は残念そうなオーラを放っているが、私からするとナイスタイミング！

上を向いていればなんとか鼻血を持ち堪えられそうだわ。

「そ、そうですか。では、またレティちゃんを連れて遊びに来てください。お待ちしておりますわ」

手を握られたままだったが一先《ひとま》ず席を立ち、上向き加減のままマクシム様を送り出そうとすると、マクシム様とばっちり目が合った。

「早速、僕と目を合わせようとしてくれているのですか。嬉しいです」

マクシム様、ごめん。それは勘違いだわ。

しかし、感極まった様子のマクシム様はそっと私を抱き寄せてきた。

「……‼」

キャーー!!　ほほほ抱擁ですか⁉

あ、ダメ、気を抜くと鼻血が垂れる……！

マクシム様の胸に顎を当てて顔を上向きに固定していると、マクシム様はそのまま私をギュッと抱き締め、髪にチュッと軽くキスを落とした。

「また来ます。愛しのレディ」

マクシム様がそう言って抱擁を解いたので、さりげなく扇子を広げてハンカチで鼻を覆った。

ほっ。なんとか鼻血ブーを見られずに済んだ。

「今日はこの場で失礼します。本日もありがとうございました」

マクシム様はレティちゃんを抱き上げると、扉を開けて従者とともに颯爽と去っていった。

(はぁ、なんとか持ち堪えたわ)

私の様子を見たノアが怪訝そうな表情で尋ねてきた。

「お嬢様、どうかなさいました？」

「ノア、何でもないわ。ちょっと頭に血が上っただけよ」

「はぁ？」

ノアは不思議そうに首を傾げているが、まさかマクシム様の笑顔に興奮して鼻血を出したなんて恥ずかしくて言えるはずがない。

「とにかく、一階に戻りましょう」

鼻血も収まったので、グレイ君を抱きかかえてノアと一階に下りる。

本当はモフりタイムを満喫したいところだが、新人猫たちをあまり刺激するのも可哀想なので、今日は扉越しに様子を確認し、帰ることにした。

そして、馬車に乗り込みながら、ふっとマクシム様のことが頭を過《よぎ》った。

(今日のマクシム様、どうしちゃったのだろう。鉄仮面公爵様ってツンツンキャラだったはずなのに。なんか、キャラ崩壊していない?)

マクシム様の言動の変わりように頭がついていかない。

ああ、今日は色々と刺激が強すぎて、これ以上考えるとまた鼻血が出そう。

色んな意味で燃え尽きた私は、はぁ、と深いため息を吐いた。

＊＊＊

馬車に揺られながら、先ほどの保護猫カフェの出来事を思い返す。

あの時のセリーヌ嬢は本当に愛らしかった。

僕の告白を当たり前のように受け入れてくれただけではなく、僕の想いに歩み寄ろうといじらしい姿まで見せてくれた。

それだけでも僕は心に温かいものが湧き上がるような満足感を覚えたが、上目遣いで見つめるセリーヌ嬢を見たら……非常に男の欲が刺激された。

「はぁ」

あのまま強引にでも唇を奪ってしまいたかったが、なんとか理性で抑えて抱擁までに留めた。

正直あの衝動を抑えるのはキツかった。

「マクシム様、お加減でも悪いのですか」

側に控えていた従者が声をかけてきた。

ああ、僕としたことが、つい感情が表に出てしまっていたのか。

「何でもない。少し考え事をしていただけだ」

表情が見えないよう、顔を窓側に向けると、再びセリーヌ嬢について思考を巡らせた。

僕はセリーヌ嬢といると気持ちが安らぐが、セリーヌ嬢は僕といる時に緊張しているようだ。

セリーヌ嬢の緊張を解いて仲を深めるにはどうしたら良いのだろうか。

(そうだ、父上と母上のやり取りを思い出して実践してみるのはどうだろうか)

今まで恋愛に興味がなく、その手の話には疎いため、ロールモデルが父上と母上しかいないのが悲しいところだが……

うっすらと残る記憶を辿っていると、父上は母上によく「今日も美しいね」やら「愛している」やら、頻繁に称賛や愛の言葉を口にしていたことを思い出した。

(そうか、僕に足りないのは愛情表現か)

そういえば、母上は生前「女は花と一緒。愛という水を注がなければいずれ枯れてしまうのよ。だから、マクシムにも将来大切な人ができたら、たくさん愛してあげて」と言っていたな。

(なるほど、愛が欲しければまずは己の愛を相手に捧げよ、ということか。そうであれば、次回の

逢瀬ではセリーヌ嬢により伝わるように愛を表現しよう）

ふむ、意外と両親の言動は参考になるものだな。

少し感心していると、膝で寝ていたレティがモゾモゾと体勢を変えた。

その姿を眺めていると、ふっとある考えが頭を過《よぎ》った。

これは以前より思っていたことだが、セリーヌ嬢はお人好しなところがあるようだ。

好意であれ悪意であれ、彼女は自身に向けられた感情に対して律儀に応えようとする無防備なところがある。

そんな彼女の隙を狙って付け入る汚い男共が今後現れるかもしれない。

それに、先日の茶会は嫌がらせ程度で済んだが、レイヤー家に嫁ぐとなれば今以上の危険が身に迫る可能性もある。

（貴女を失うのが、怖い）

彼女を知れば知るほど、僕の中で彼女の存在は大きくなる。

しかし、同時に、彼女を失うことへの恐怖もまた大きくなる。

（本当は、彼女を屋敷に閉じ込めてしまいたい）

誰の目にも触れさせず、真綿で包むように貴女を危険から遠ざけ、僕だけのモノにしてしまおうか……

情欲とドス黒い感情が混じった何かがジワリと湧き上がる。

（しかし、それでは彼女の翼をもいでしまうことになる）

セリーヌ嬢は保護猫カフェの運営を心から楽しんでいるようで、カフェにいる時や運営の話をしている時はいつも笑顔だ。

あの笑顔を僕の欲で潰してしまうのは本意ではない。

(そうだな……彼女が安全な状況下で自由に過ごすためには、やはり今以上に護衛は必要だ。そして、身の安全だけでなく、害虫対策もしなければ)

セリーヌ嬢は自身の魅力に気づいていないようだが、彼女はとても美しい。

それに、容姿だけでなく、あの凛とした佇まいには男女問わず魅了されることだろう。

当然、そんな魅力的な女性を周りは放っておかないはずだ。

(もうすぐ私もセリーヌ嬢も王立学園に入学する。まずはそこで周りを牽制しておくか)

害虫を寄せつけないのはもちろんだが、彼女の気が僕から逸れぬようにするには、やはり僕の愛情を注ぐことが不可欠だ。

……そう、間違っても貴女の口から婚約破棄などという言葉が出ないように。

レティはセリーヌ嬢に想いを巡らせる僕をチラリと見ると、まるで同意するかのようにニャアと鳴いた。

＊　＊　＊

さぁて、今日も張り切って保護猫カフェの視察だわ!!

新入り猫ちゃんたちも慣れてきたため、今日はたくさん猫と触れ合おう。

そう思いつつ、自室でルンルン気分で支度をしていると、何やら外が騒がしくなった。

何事かしら？

「ノア、何だか外が騒がしいわね」

「ええ、そうですね」

話していると、コンコンと扉を叩く音とともにリチャードの声がした。

「お嬢様、大変です。マクシム卿がお見えになりました」

ええっ!!　マクシム様!?

ノアとともに慌てて支度を済ませて扉を開けると、リチャードは「マクシム卿は応接室にご案内しています。さ、急ぎましょう」と私たちを促した。

(今日は保護猫カフェに立ち寄るとは言っていたけど、急にどうしたんだろう)

「失礼いたします。お嬢様をお連れしました」

リチャードは応援室前で立ち止まると、コンコンと扉を叩き伺いを立てる。

すると、中から「入りなさい」とお父様の声が聞こえた。

扉を開けて真っ先に目に飛び込んできたのは、超絶美形の青年とお父様が談笑する姿だ。

(んな!?　マクシム様とお父様ってこんなに仲良かったの!?)

「セリーヌ嬢」

私の姿を見たマクシム様が微笑を浮かべ立ち上がる。

「セリーヌ、こちらに来なさい」

お父様も立ち上がり、私を招き入れた。

「マクシム様、ご機嫌よう。あの、本日は保護猫カフェでお会いする予定では？」

「そのつもりでしたが、一秒でも早くセリーヌ嬢の顔が見たくてお迎えに上がりました。よろしければレイヤー家の馬車で保護猫カフェに向かいませんか？」

えーー!?

前回といい、今回といい、マクシム様の発言がどんどんおかしくなっていないか!?

それを聞いたお父様はうんうんと頷くと「仲が良くて良いことだ。セリーヌ、マクシム様とご一緒しなさい」と、あっさり二人での外出を許可した。

んなっ！　私の縁談が来た時にあれだけ凹んでいたのに、一体二人の間に何があったの!?

「ありがとうございます。さ、セリーヌ嬢、行きましょう」

マクシム様は当然のように私の腰に手を回し、エスコートしてきた。

うわわわわっ!?　距離が近いぃ！　心の準備がぁぁぁ!?

顔が急に熱くなるのを感じて俯き加減のまま歩くと、そっと耳元で低めの声が響いた。

「セリーヌ嬢、耳が赤い。少しは僕を男として意識してくれていると期待していいのでしょうか」

「んがっ!?　な、何を」

「ふふ、冗談です。さ、行きましょう」

朝から刺激が強いよ～。心臓が持たないよ～。

内心弱音吐きまくりの私を他所《よそ》に、マクシム様はスマートなエスコートで馬車に導いてくれる。

そして、私が馬車に乗ると、マクシム様は向かいの空席ではなく何故か私の隣に座ってきた。

今日はレティちゃんはいないようだ。

「あ、あの……マクシム様、レティちゃんは？」

「レティはちょうどご飯の時間でしたので、屋敷でお留守番をしています」

「そ、そうですか」

（レティちゃんがいないと余計にマクシム様を意識してしまう。そんな時に限って距離が近すぎて心臓に悪いよおぉ）

会話が思いつかず沈黙していると、マクシム様はそっと私の髪を一房取った。

「僕たちは将来夫婦になるのですから、そんなに緊張しないでください。ああ、では二人きりの時には敬語をやめるところから始めてみるのはどうでしょう？」

「え、ええ？　ですが……」

「僕はセリーヌ嬢と仲良くしたい。貴女が嫌がることをするつもりはないけど、貴女の気持ちを手に入れるためなら、どんな努力も惜しまないよ」

マクシム様はそのまま私の髪に口付けた。

キャーーッ!!　かかか髪が!!　髪がぁぁ!!

「マ、マクシム様」

「ふふ、顔が赤いよ。可愛い」

マクシム様はそのままそっと反対の腕を伸ばし、私の肩を抱くような形で髪を撫でてきた。

「セリーヌ嬢の髪は手触りがいいね。ずっと触っていたくなる」

「………………！」

うわあぁぁ!! 距離が近すぎるうぅぅ!!

ああ、もうダメ、思考回路が完全に停止する……

マクシム様は固まったままの私の頭に顔を近づけると、ちゅっと優しくキスをした。

ああああああ待って!? 刺激が強すぎて鼻血が出る!!

なんとか鼻血ブーを回避しようと思わず手でマクシム様の胸を押すと、マクシム様はそっと私から手を離した。

「……すみません、急ぎすぎました。まだセリーヌ嬢の気持ちが僕にないのは分かっているのに。そもそも縁談をはじめ、全ては僕の一方的な想いでしかない」

それは、違う。

確かにマクシム様主導で話が進んでしまっているけど、私はマクシム様が嫌いではない。

いや、むしろ……

──私は、彼のことが好きだ。

前世でゲームのキャラとしてマクシム様を見ていた時は、いかにも攻略が難しそうなツンツンキャラらしい外見に惹かれたが、今は違う。

外見はもちろん好みなのだが、彼を知れば知るほど、その内面にどんどん惹かれていくことに気づいていた。

令嬢たちに嫌がらせをされた日、私を信じて守ってくれた。

そして、いつも私に真っすぐに想いを伝えてくれるけど、私の嫌がることは絶対にせず、私の意思を尊重してくれていた。そんな誠実なマクシム様に惹かれていたのだ。

だけど、恋愛慣れしていない私は、日に日に増していくマクシム様への想いに戸惑いを隠せなかった。平常心を保つために、感情に蓋をして誤魔化していたのだ。

「これは貴女と保護猫カフェでお会いした時に思い出したのですが——貴女は僕の初恋の相手なのです」

「え？」

「貴女は覚えていないかもしれませんが、実は幼少期に、亡き母と参加したお茶会で一度お会いしているのです」

幼少期、お茶会……深緑の瞳……

まさか、あの時私を「可愛い」と褒めてくれた、あの⁉

「マクシム様が、あの時の男の子⁉」

マクシム様は私の言葉を聞くとパァッと笑顔になった。

うぐっ⁉　このタイミングでその笑顔は反則‼

「そうです、思い出していただけましたか？」

「ええ。詳細はうろ覚えですが……あの時、私を『可愛い』と褒めてくださったことを鮮明に覚えています」

そう、セリーヌは、ずっとその『可愛い』という言葉を宝物のように胸にしまい生きてきた。

「私はあまり男性に好まれない容姿ですから、自分に自信が持てませんでしたが、幼少期のその言葉はそんな私の心を救ってくれました。もう、あの時のような可愛らしいドレスは似合わなくなってしまいましたが……」

そう、セリーヌは確かにあの瞬間、幼少期のマクシム様に一目惚れをした。

そして、いつかもう一度会えた時に、また『可愛い』と言ってもらいたくて、クローゼットを全て埋め尽くすほどにピンク色のドレスに執着していたのだ。

「セリーヌ嬢はご自分のことを分かっていらっしゃらないようですね。貴女は、今も昔も変わらずに可愛いです。いや、今の貴女は可愛いだけではなく気高い美しさがある。そう、まるで女神のようだ」

ええっ⁉　私が女神⁉

確かにセリーヌは前世の私よりは美人だけど……

「周りが何を吹き込んだのかは知りませんが、そんな戯言は早く忘れてください。貴女は美しい」

マクシム様の熱のこもった視線と私の視線が絡み合う。

しかし、マクシム様の瞳の奥にはどこか寂しさが見えることに気づいた。

そうだ、私は彼の優しさに甘えて、自分の気持ちを何ひとつ伝えていない。

このままじゃ、ダメ。

私も、気持ちを伝えなきゃ。

「マクシム様、ありがとうございます。あの……えっと……」

尋常じゃない量の手汗が噴き出る。

きっと顔は茹《ゆ》で蛸《だこ》みたいに真っ赤だろう。

でも、話さなきゃ、この気持ちは伝わらない。

「可愛いと言ってくれたあの日、私はマクシム様に一目惚れをしました。そして、あれからずっとマクシム様から頂いた『可愛い』という言葉を胸に過ごしてきました。……わ、私もマクシム様のことが好きです。しかし、恥ずかしながら恋愛事に無知で、どうマクシム様に接したら良いのか、分からないのです……！」

ああ、好きって言っちゃった!!

それに、年頃の令嬢のくせに恋愛のイロハも知らないなんて恥ずかしい！

羞恥心に耐え切れずに顔を手で覆うと、マクシム様はそっと私の手を退けた。

そして、ふふっと微笑むと、そっと私の頬に唇を寄せる。

「気持ちを伝えてくれてありがとう。僕たちはあの時からずっと両想いだったのですね。嬉しくて、どうにかなってしまいそうだ」

ほほほほっぺにチュウ!?

あっ、ヤバい、興奮しすぎてまた鼻奥がツンとしてきた。

「接し方が分からないなら、僕が教えてあげます」

ああ、その笑顔を向けられると思考が停止してしまう。

「愛しいセリーヌ。僕だけの女神」

お互い見つめ合ったまま、マクシム様の顔がゆっくりと私に近づいてきた時だった。

コンコンッと馬車の扉を叩く音とともに、外から御者が声をかけてきた。

「マクシム様、到着いたしました」

「……ああ、分かった。今出る」

ナイス御者！　これ以上の刺激には耐えられそうもなかったので助かった!!

ほっとしながらマクシム様と馬車から降りる。

先ほどの甘い余韻から頭を切り替えるべく、深呼吸をして背筋を伸ばすと、マクシム様とともに保護猫カフェへ向かって歩き出す。

(皆、元気にしているかな？)

カフェの扉を開けると、早速従業員に席へ案内された。

その際、チラリと猫たちの姿が見えた。

どの子も各々のスペースでくつろいでいるようだ。

(うん、皆変わらず元気そうで良かった)

しばらくすると院長さんがやってきた。布に包んだ何かを抱いている。

「マクシム様、セリーヌ様、ようこそお越しくださいました」

「院長、こんにちは」

「院長さん、ご機嫌よう。最近の猫ちゃんたちの様子はどうですか？」

「猫の数が増えたのでたまに喧嘩する時もありますが、基本的に皆仲良く過ごしています。どの子もご飯をしっかり食べて元気ですし、毛並みも保護前に比べて良くなっていますね」

「そうですか、それは良かったです」

院長さんとそんなやり取りをしていると、院長さんが腕に抱いている布がモゾモゾ動いた。

（ん、動いた？　院長さんがさっきから抱いているのは生き物かしら？）

どうやらマクシム様もその布が気になっていたようだ。

「院長、先ほどから気になっていたのですが、腕に抱いているものは何でしょうか」

「実は先ほどカフェの裏口を開けたら空き箱に入ったこの子がいまして。恐らく……捨て猫だと思います」

院長さんがそっと布を外すと、子猫が姿を現した。

とても小さく、あまり元気がないようだ。

「まぁ、酷い！　一体誰がそんなことを!?」

「一応周囲を捜索しましたがすでに誰もいませんでした。きっと保護猫カフェの存在を知る者の仕業だろうと推測していますが……非常に残念なことです」

前世でも、飼い切れなくなった動物をこのような施設に遺棄する心ない人間の話はよくあったが、それは現世も変わらないようだ。

（自分で飼い切れないからって無責任に遺棄するだなんて、命を何だと思っているの!?）

怒りで言葉を失う私と同様に、マクシム様も怒りを覚えたようだ。

「そんなことがあったのですか。その人間の無責任さには憤りを覚えます」

「ええ、本当にそう思います。しかし」

院長さんの顔が曇った。

「うちで引き取るのは難しいかもしれません。この子はまだ子猫で、成猫とはお世話のしかたが違うのです。私が育ててあげたいところですが、孤児院の運営もあるのでかかりっきりにはなれませんし、従業員の子たちもすでにいる保護猫たちのお世話や仕事がありますから……」

院長さんはそっと指で子猫を撫でながら、悲しげな表情で俯いた。

側にいた従業員の子も、肩を落としている。

(皆、この子を助けたい気持ちは一緒なんだ)

今この中で一番自由に動けるのは私だろう。

お父様の許可が必要になるが、そこは何とかして説得すれば良い。

よし、ここは私がこの子の力になろう!

「院長さん、この子は私が引き取ります」

「セリーヌ様！」

嬉しそうな院長さんとは対照的に、私の言葉を聞いたマクシム様の雰囲気はどこか硬い。

表情にははっきりとは出ないものの、マクシム様は心配そうな声色で私に話しかけてきた。

「セリーヌ嬢、ラルミナル伯爵の許可がなくても大丈夫なのですか」

「それは……何とかします。お父様は私に甘いところがありますし、しっかり話をすれば聞いてくれるでしょう」

「よければ、僕がこの猫を引き取りましょう。我が家なら受け入れが可能です」

「マクシム様にはレティちゃんがいるではないですか。私は以前より猫を飼いたいと思っていましたし、何よりこの子を救いたいのです。これから帰ってお父様の説得に当たりますわ」

今まで屋敷内では動物を飼ったことがないため、お父様がどんな反応をするか未知数だが、保護猫カフェの運営を許可してくれたのだからきっと大丈夫だろう。

万が一許可されなければ、私がしばらく保護猫カフェに住んで育てたっていい。

「それなら僕も同行します。ラルミナル伯爵に話をするなら、僕もいた方がいいでしょう」

「あ、あの！　もし、セリーヌ様のお力になれるなら、私も同行いたします」

私の話を聞いたマクシム様と院長さんは、私の力になろうと声を上げた。

（二人とも……ありがとう）

これは前世でも思っていたことだが、周りに集まる猫好きに悪い人はいなかった。

それは現世でも変わらないようだ。

周囲の優しさに胸がいっぱいになっていると、マクシム様はそっと私の頬に触れた。

指先から、マクシム様の熱が伝わってくる。

「セリーヌ嬢の正義感の強さは美徳ですが、何でも一人で抱え込まないで。もっと周りを頼ってください」

本来なら、私はマクシム様の婚約者として振る舞わなければならず、何より貴族としての行動を心掛けなければいけない立場の人間だ。

その私が、保護猫カフェを運営したり、捨て猫を育てたいと言うのはわがままなのだろう。

そんな私のわがままをマクシム様は一切咎めたりせず、受け入れてくれる。

(マクシム様、ありがとう。私、マクシム様の婚約者になれて良かった)

「マクシム様、それに、院長さん。ありがとうございます」

二人に深くお辞儀をすると、マクシム様は席を立ち、私に向かって手を差し出した。

その顔は無表情だったが、私には優しい笑顔に見えた。

「セリーヌ嬢、行きましょう」

「はい!」

私はしっかりとマクシム様の手を取ると、力強く一歩を踏み出した。

第五章　悪役令嬢とご対面!?

ふわふわした柔らかい毛と、「フンフン」という鼻息が顔にかかる。

「んん」

ああ、きっとご飯の催促かな。

でも眠い。あと五分寝かせて……

するとザリザリとした感触を頬に感じた。

うーん、地味に痛い。

「うう」

それでも眠くて目を開けられずにいると、ズンッ！　と鳩尾《みぞおち》辺りに衝撃が走った。

「ぐはっ！　わ、分かった、分かった！　起きるわよ！」

衝撃に耐えきれずに思わず目を開けると、胸の上に鎮座するモフモフが視界に入った。

短い三毛柄の被毛に金色の瞳、愛嬌がある丸顔が特徴のこの子猫は、私が運営する保護猫カフェの裏口に捨てられていた。

私はその小さい命を、両親を説得して我が家で育てることにしたのだ。

「よしよし、リュオ。今ご飯の用意するから待っていてね」

私は伯爵家の令嬢で、本来なら動物の世話をするような立場の人間ではない。

しかし、自ら救った命を他人任せにするのは嫌だったし、前世では猫愛好家だったこともあり、メイドたちの反対を押し切り自分で猫のお世話をしている。

「さぁ、朝ご飯よ」

我が家の愛猫リュオは、用意されたご飯をガツガツと美味しそうに食べ始めた。

おぉ、今日も朝からよく食べるわね。ふふっ、リュオは今日も可愛いなぁ。

その光景をのんびり眺めていると、コンコンッと扉を叩く音が聞こえた。

「お嬢様、おはようございます」

「おはよう、ノア」

私の専属侍女のノアが扉を開けて中に入ってきた。

そして、寝巻き姿で寝癖がついた髪のまま、ニマニマと緩み切った表情になっているだろう私に少々呆れた様子で話しかけてきた。

「お嬢様、今日は王立学園の入学式ですよ？　それにマクシム様もお見えになるのですから、早めにお支度を始めないと間に合いません」

ゲッ!?　そうだった!!

慌てて立ち上がると、ノアはため息交じりで「落ち着いてください、お嬢様。では、すぐに取りかかります」とテキパキと仕事を始めた。

ノアに身支度を手伝ってもらい、私は制服に身を包んだ己の姿をマジマジと見つめる。

ぬおーっ!!　この制服、乙女ゲームのパッケージでヒロインちゃんが着ていたヤツだわ!!

転生先である乙女ゲームは、中世ヨーロッパ風の学園が舞台だった。私とヒロインが同じ制服なのは当たり前なのだけど、生で見ると興奮するわね!!

「あの、お嬢様……そろそろ朝食を召し上がらないと間に合いませんが」

「うん、分かってる」

「ですが、すでに三十分以上この状態なのですが」

「うん、分かってる」

「はぁ、お嬢様はこうなると人の話を全く聞き入れないですからね。困ったわ……」

ノアが何かをつぶやいているようだが、今の私は制服に夢中でそれどころではない。

鼻息荒く鏡に映る姿を凝視していると、コンコンッと扉を叩く音とともに「お嬢様、マクシム卿がお見えになりましたよ。いつまでも寝呆けていないでさっさと支度を整えてください」とリチャードの声が聞こえた。

えええ!?　もう来ちゃったの!?

アワアワしていると、ノアは「ほら、言わんこっちゃない」とでもいうような呆れ顔で口を開いた。

「お嬢様、朝食は諦めてマクシム様の元へ行きましょう」

「ううっ……わ、分かったわ」

急いで応接室に向かうと、スラリとした長身に超絶美形の男性がお父様と談笑している。

私と同じく十五歳のはずだが、長身も相まって年齢より大人びて見える。

そして、美しい顔立ちだが普段は無表情のため、どこか冷淡な印象を受けるこの男性は、転生先である乙女ゲームの攻略対象者、マクシム・フォン・レイヤー公爵だ。

無表情でツンツンした性格のため「鉄仮面公爵」という二つ名で呼ばれているキャラクターである。

そう、ツンツンキャラ……のはずなのだが。

「マクシム様、お待たせいたしました」

マクシム様はキラキラした瞳で私を見上げた。

うぐっ！　朝からその美貌と甘い視線は反則ッ!!

「セリーヌ嬢、おはようございます。制服姿の貴女も美しい」

「おお、セリーヌ。朝食に姿を見せなかったから心配したぞ」

「マクシム様、おはようございます。支度に時間がかかってしまいご心配をおかけいたしました、お父様」

「うむ、そうか。今日は入学式だから遅刻しないよう早めに行きなさい」

「はい、お父様」

「では僕がエスコートします」

マクシム様はそう言いながら立ち上がると私の側へと歩み寄り、そっと腰に手を回した。

ううっ、距離が近いぃぃ!!

思わず緊張する私に気づいたのか、マクシム様はそっと耳元で囁いてくる。

「僕と貴女は婚約者の仲なのだから、そう緊張しないで。僕に身を任せてください」

「は、はぃぃ」

「ふふ、ウブなところも愛らしいですけどね。そんな貴女を独り占めできるのが僕だけかと思うと、胸が熱くなる」

朝から甘ーいっ!!

激甘なセリフとともにぴったりと密着されると、私の鼻奥はすぐにツンとしてくる。

いかん、このままだとマクシム様の激甘っぷりに鼻粘膜が崩壊する！　いや、この場合は血管か？　って、そんなことはどうでも良いのよ！　とにかく鼻血ブーを回避しなければっ!!

「マ、マクシム様、入学式に遅れますわ」

「ああ、そうですね。では行きましょう」

＊　＊　＊

ふぁぁ！　乙女ゲームのパッケージで見た光景が目の前に!!

マクシム様と仲良く馬車で登校した私だが、校門を前に足が止まった。

だってだって、ゲームと全く同じ光景なんだもん!!　これは嫌でも興奮しちゃうよね!?

「セリーヌ嬢、僕は新入生代表の挨拶をしなければいけないので、一旦学園長に会ってきます。ここを真っすぐ行って突き当たりを左に曲がったところにカフェテリアがあるので、そこでお待ちいただけますか」

「へっ⁉　あ、カフェ⁉　は、はい、畏まりました」

ヤバい、興奮しすぎてマクシム様の存在を忘れていたわ。

マクシム様は少々名残惜しそうに私を見つめながらそっとエスコートの手を解き、右方向に向かって歩き出した。

マクシム様というストッパーもいなくなり、時間もまだある。こりゃあ、もう、探検しかないでしょ⁉

時間制限はあるものの、誰にも邪魔をされずに自由に学園巡りができるぞーー‼

そして、パッケージと予告ストーリーで見た光景をこの目に焼きつけるのよ‼

ああ、元乙女ゲーマーの血が騒ぐわ。ふふ、ふふふ。

マクシム様と鉢合わすと面倒だし、一先《ひとま》ず逆方向に行ってみよう。おら、ワクワクすっぞ‼

ウキウキ気分で歩いていると、中庭らしき空間にポツンと女生徒がいることに気づいた。

んん？　こんな場所に人？　一体何をしているのかしら？

反射的に近くの壁に隠れて、女生徒の様子を観察してみる。

ウェーブがかかった綺麗な金髪を振り乱し、何かを呼びながら必死になって木の上に向かって手を伸ばしているけど、何をしてるのかしら？

「リリィ、リリィ！　早くこちらに下りて来なさい！」

ん？　木の上に何かいるのかな？　目をこらすと、シルバーと白色が混じったモフモフが木の枝の隙間からチラリと見える。

あれは……猫様だ!!

木登りして下りられなくなっちゃったのかしら？

何となくあの女の子の飼っている猫っぽいけど、何故学園内にいるのだろう？

疑問に思うことは多々あるが、このまま放置するのは気が引けるし。

よし！　ここは猫様を救出してあげよう！

近くに生えていた猫じゃらしのような草を数本ぶちぶちっと豪快に千切り、足早に女生徒の元へ歩み寄る。

「大丈夫ですか？」

「きゃっ!?　あ、貴女様は？」

急に声をかけられ、驚いた様子で振り向いた女生徒。

さっきは髪が顔にかかりよく見えなかったけど、何だか見覚えがあるお顔立ち……？

いやいや、そんなことより猫様が心配だ。

「突然お声がけして申し訳ございません。偶然こちらを通りかかったのですが、何やらお困りの様子でしたので。もしかして、猫様、いや、猫を助けようとしていますか？」

「え、ええ。実は学園の許可を得て寮内で猫を飼っているのですが、朝出て行く時に私についてきてしまって……。部屋に戻そうとして抱き上げたら逃げ出して木に登ってしまい、下りてこなくて困っていたのです」

頭上ではオッドアイにシルバーと白色の流れるような長毛が美しい猫が、小さくニャアニャア鳴きながら私たちを見下ろしている。

どうやら私の見立て通り、木に登ったものの怖くなり、下りられなくなったようだ。

助けを求めようにも入学式の時間が迫っているので、周囲を見渡しても誰もいない。

よーし！　ここは猫様のために一肌脱ごうではないか!!

前世の私は運動神経が良く、猫の救出のために木登りの経験もあった。

幸い現世のセリーヌも運動神経は悪くないようなので、きっと木登りをしても大丈夫だろう。

「状況から察するに、自力で下りられなくなっているのでしょう。私が木に登って猫を救出しますので、もし猫が落ちた場合はキャッチできるように下で待機していてください」

「ええ、木に登る!?　そんなことをしたら危ないですわ!!」

慌てる女生徒を他所《よそ》に、口に猫じゃらしもどきを咥《くわ》え、長いスカートの裾をたくし上げると、ガシッと木の幹に片足をかけた。

そして、足に力を込めつつ木の出っ張りに手をかけ、一足、また一足と慎重に登り、徐々に猫との距離を詰めていく。

くっ！　セリーヌは運動をしていないからあまり力が入らないわね。でも、あとちょっとで辿り着きそう!!

ヘトヘトになりつつ木の上まで登り、安定していそうな太い枝に跨《また》がって座る。

「はぁ、はぁ、ふぅ。なんとか着いたわ」

下では女生徒が青い顔でオロオロしながら私と猫を見上げている。とりあえずあの女生徒を安心させなきゃ。

「貴女、早く降りて来なさい！　危ないですわ！」

「もう登り終えたので大丈夫ですよ。これから猫に接触してみますね」

猫を見ると、思ったよりも怯えた様子はなさそうだ。

口に咥《くわ》えて持ってきた猫じゃらしもどきを手にしてフリフリと軽く振ってみると、綺麗なオッドアイがキョロキョロと草を追い始めた。

おっ、悪くない反応！　これはいけそうかも。

猫じゃらしもどきをフリフリしつつ、あまり刺激を与えないように無言のまま徐々に距離を詰めて行く。

猫はその場でキョロキョロと猫じゃらしを眺めている。

よーしよし、いい子ね。そのまま、そのまま……よし！

猫は大人しくその場に留まってくれたため、あっさりと抱き上げることに成功した。

「猫を無事に救出したので今から下りますね」

「まぁ、凄いわ!!　って、いけない、わたくしとしたことが、すっかりこの方のペースに呑み込まれているわ……。と、とにかく危ないから早く下りてください！」

「はーい。あっ、暴れちゃダメ!!」

抱き上げた猫は腕の中で急に動き出し、飛び出そうとした。

ダメ、今暴れたら落ちてしまう！

「うわわわっ⁉」

猫を守るために無理な体勢を取ったため、身体がぐらりと傾く。

「キャーーッ‼」

「セリーヌ嬢‼」

女生徒の悲鳴と聞き覚えのある男性の声が聞こえてきて、それと同時にフワッと身体が宙に浮いた。

ああああ、落ちる——‼

せめて猫様だけでも助けねば！　と咄嗟《とっさ》に猫を胸に引き寄せ、落ちた衝撃を和らげるために身体を縮めた。

ドスンッ‼

勢い良く地面に落下した……はずだが、何故かどこも痛くない。

「セリーヌ嬢、大丈夫ですか⁉」

聞き覚えのある声とともに、温かい何かが私の身体を包む。

恐る恐る目を開けると、顔面蒼白のマクシム様が飛び込んできた。

「あ、あれ？　マクシム様、学園長とのご挨拶は？」

「挨拶はすぐに済んだので急いでカフェテリアに向かったのですが、貴女の姿がなかったので捜していたのです。それよりセリーヌ嬢、どこか痛いところは⁉」

マクシム様は心配した様子で私を見つめている。

ああ、そうか。痛くなかったのはマクシム様が下で抱き留めてくれたからなのか。

「マクシム様、ありがとうございます。私は大丈夫です」

「ああ、無事で良かった。心臓が止まるかと思いました」

マクシム様に思いっきり抱き締められる。

うぉ!? 苦しい!!

「ふぎゅっ！ マクシム様、く、くるひぃ」

「セリーヌ嬢、お願いです。どうか自分の身体を大切にしてください。貴女の身に何かあったら……僕は生きる目的を失ってしまう」

どうにかマクシム様の胸の辺りをグイグイ押してスペースを確保した。

ほ、これで呼吸が楽になった。

「ぷはっ。マクシム様、そんな」

「セリーヌ嬢は僕の女神であり、太陽だ。貴女がいない人生なんて、考えられない」

間近に迫るマクシム様のお顔。

本当に綺麗な顔立ちだな、と思って見ていると、瞳が不安げに揺れているのが分かった。

鉄仮面公爵と呼ばれるだけあって滅多に表情が変わらないマクシム様から滲み出る感情に、ちょっとした罪悪感が芽生える。

「ご、ごめんなさい。もう木登りはしません」

「お願いします。そうしてくれないと心臓がいくつあっても足りません」

「はい、反省しています」

反省という言葉を聞いたマクシム様は少し意地悪そうな瞳に変わった。

あああああ、今のタイミングでその顔は反則っ‼

超絶美形のドアップってだけでもヤバいのに、色気が足されたらその威力は破壊的でしょ‼

「では、反省の印にここにキスしてほしいな」

マクシム様はずいっと自分の頬を差し出してきた。

ええ⁉　ほっぺにチュー⁉

「ママママクシム様⁉」

「ほら、早くしないと時間がなくなりますよ」

「ええっ⁉」

急展開でただでさえ頭がついていかないのに、急かされて思考が止まってしまう。

うう、恥ずかしいよぅ。

でも、マクシム様を心配させてしまったのだ。

ここは反省を行動で示さねば！

そ、そうよ、反省のポーズだけなら猿でもできるわ。私は人間よ！　人間の底力を見せたるわっ‼

ごくりと生唾を飲み込むと、えいやっと唇をマクシム様の頬に当てた。

「ふふ、初めて貴女からキスをしてくれましたね。凄く嬉しいよ。では今度は唇にしましょうか」

くくくくちびる⁉

マクシム様は妖艶な瞳で私を見つめると私の頬に手を添える。

その時、私の腕の中でニャーという鳴き声とともにモゾモゾと何かが動いた。

ハッ！　そうだ、猫様‼

「マクシム様、猫！　猫が無事か確認しないと！」

「猫？」

マクシム様は残念そうなオーラを漂わせつつ、怪訝な表情で私の腕の中を覗き込む。

「そうです、木登りしていたのはこの猫を助けるためだったのです」

腕をそっとほどくと、猫はピョンと飛び出した。

身体に傷はなく、どこか痛めた様子もなさそうだ。

「そうだったのですね。首輪をしているので飼い猫のようですが、飼い主はどこにいるのでしょうか」

飼い主……ハッ！　そうだった‼

ぐるりと周りを見渡すと、両手を頬に当て赤面したまま固まる女生徒が目に飛び込んで来た。

うぎゃぁぁぁぁぁあ‼

今までのやり取り全部見られていた⁉

「あ、あの、飼い主は……あちらに……」

穴があったら入りたいとは、まさにこのことだ。

顔面が急激に熱くなるのを感じながらマクシム様に返事をすると、マクシム様はふとそちらを見て「ああ、そうでしたか」と涼しい声で言った。

うわぁぁぁぁ、めっちゃ気まずいよぉぉ!!

しかし、猫様をこのままにしておけない。

再起不能レベルのダメージを受けた私は力なくヨロリと立ち上がり、猫を抱き上げて歩き出した。

「あの……猫は無事保護しました」

猫様は私の腕からするりと抜け出ると、女生徒の足元へ擦り寄る。

女生徒は猫を抱き上げ、真っ赤な顔のまま「ありがとうございます！」と返事をした。

そして、私の顔を見つめたままガシッと手を握ってきた。

うわっ！　いきなり何!?

「あの、立ち入ったことをお聞きしますが、あちらの殿方とはどのようなご関係で!?」

「え!?　こ、婚約者ですが」

「まぁ、そうなのですね！　で、彼とは相思相愛なのですか!?」

「は、はい」

マクシム様と私は初恋の相手同士で、お互いの気持ちについても確認済みの仲である。

政治的意図によるものが多い貴族同士の結婚で、相思相愛な関係でいられるのは恵まれていると思う。

でも、いきなりそんなことを聞いてくるなんて、一体何だろうか？

「まぁ、そうなのですね。貴女様を魅了する方がすでにいらっしゃることは少々残念ですが、リリィのお礼も兼ねて貴女様とはゆっくりお話がしたいですわ！　ぜひ、わたくしとお友達になってくださいませ!!」

「は、はいぃ!!」

あ、しまった！　あまりの迫力に押されてつい返事をしちゃった！

でも、悪い子ではなさそうだし、大丈夫……だよね？

「あっ、申し遅れました、わたくしはドロテア・フォン・デルベと申します」

ドロテア？　……ああああ思い出した！　この人、悪役令嬢だ!!

はっ、でも確かドロテアは公爵令嬢。公爵家の方を相手にスルーはいけないわ！　挨拶をしなければ!!

「デルベ公爵家の!?　た、大変失礼いたしました！　私はセリーヌ・ド・ラルミナルと申します」

「まぁ、貴女がラルミナル伯爵家のセリーヌ様でしたの！　では、あちらの殿方はやはりレイヤー公爵でしたのね!!」

まぁ、マクシム様はこの国じゃ有名だからね。

マクシム様のお父様である前レイヤー公爵は、持病が悪化したため早期に隠居を決意したのだ。

そのため、未成年にもかかわらず異例のスピードで公爵位を継いだマクシム様を知る者は多い。

反対に、私は社交界デビューも済ませていないためあまり知られていない……はずなのだが、マクシム様の婚約者ってことで、どうやら名前だけが一人歩きしているようだ。

「は、はい」

「まぁそうでしたの！　なおさらセリーヌ様とはゆっくりと語り合いたいですわ♡　あっ大変、もうこんな時間！　ではお二方、お先に失礼いたしますわ」

悪役令嬢改めドロテア様は、愛猫のリリィちゃんを抱いて、私とマクシム様に丁寧にお辞儀をすると颯爽とその場を後にした。

な、なんか嵐のような人だったな。

「セリーヌ嬢、そろそろ入学式が始まります。僕たちも急ぎましょう」

「え、ええ」

マクシム様にエスコートされながら、私たちは会場に移動することにした。

＊　＊　＊

どうしましょう、こんなことになるなんて。

木の上にはわたくしの愛猫、リリィの姿。

リリィはわたくしにベッタリな子で、わたくしが少し離れただけで不安からご飯を食べなくなってしまうの。

デルベ領は王都から距離があり寮暮らしになるため、リリィのことが心配でお父様に相談したところ、寮からは出さないことを条件にリリィを飼っていいことになりましたの。

ですが、今朝学園に向かおうとすると、寂しがり屋のリリィが部屋から抜け出して、わたくしの後ろについてきてしまいました。

捕まえようとしたのですが、嫌がるリリィが逃げて、木の上に登ってしまったのです。

「リリィ、リリィ！」

困ったわ、何度呼んでも下りてこない。

学園内に放置するわけにはいかないし、でも早くしないと入学式に遅れてしまう。

「リリィ、リリィ！　早くこちらに下りて来なさい！」

「大丈夫ですか？」

「きゃっ!?　あ、貴女様は？」

まぁ、びっくりした！

驚いて振り向くと、スラリとした長身、流れるような赤毛、そして切れ長の美しい目元。

どこか中性的な美しさを持つ女生徒が颯爽と現れたのです。

「突然お声がけして申し訳ございません。偶然こちらを通りかかったのですが、何やらお困りの様子でしたので。もしかして、猫様、いや、猫を助けようとしていますか？」

「え、ええ。実は学園の許可を得て寮内で猫を飼っているのですが、朝出て行く時に私についてきてしまって……部屋に戻そうとして抱き上げたら逃げ出して木に登ってしまい、下りてこなくて困っていたのです」

女性のはずなのに、その紳士的な態度にわたくしの胸がドクンッと高鳴りました。

「状況から察するに、自力で下りられなくなっているのでしょう。私が木に登って猫を救出しますので、もし落ちた場合はキャッチできるように下で待機していてください」

「ええ、木に登る!? そんなことをしたら危ないですわ!!」

この方はいきなり何をおっしゃるの!?

どうしようとオロオロしていると、その方は口に草を咥《くわ》え、木登りを始めてしまいました。

その男らしい仕草にまたしてもわたくしの心臓はドクンッと跳ね上がりました。

ああ、わたくしの心臓は一体どうしたのでしょう。

ハッ!! いけない、そんなことよりあの方を止めなければ!

「貴女、早く下りて来なさい! 危ないですわ!」

「もう登り終えたので大丈夫ですよ。これから猫に接触してみますね」

その方は口に咥《くわ》えていた草を手に持つとリリィの気を引き、あっという間に抱き上げてしまいました。

す、凄いですわ。ピンチの時に颯爽と現れて助けてくださるなんて、まるで騎士のようなお方……♡

一連の行動を見て、わたくしはすっかりこの方に魅了されてしまいました。

しかし、リリィが暴れたようで、その方は体勢を崩してしまいました。

嫌っ!! このままでは地面に落ちてしまう!!

「キャーーッ!!」

その時、誰かが凄いスピードでわたくしの脇をすり抜けたかと思うと、その方を抱き留めました。

ああっ！　ご無事で良かった!!

駆け寄ろうとすると、その方は——この学園の制服を着た男子生徒と、何やら親密そうに話をしています。

む、この男子生徒の姿に見覚えがあるわ。

そんなことを考えていると、目の前のお二人は頬に口付けをしたり、仲睦まじいやり取りを繰り広げ出して……

きゃあああああっ!!

まるで騎士様同士が繰り広げる禁断の愛のような光景に目が釘付けになっていると、その方はわたくしの視線に気づいて、頬を赤らめながらリリィを渡してくれました。

男子生徒はもしかしてレイヤー公爵様かしら？　ということはこの方は婚約者のセリーヌ様？

ここは聞いてみましょう！

話を伺うと、やはりレイヤー公爵様とその婚約者のセリーヌ様でしたの。

噂話は耳にしていましたが、全然違いましたわ。こんなに素敵なご令嬢だったなんて!!

きっとセリーヌ様の麗しさに嫉妬した者が、セリーヌ様を陥れようとして流した噂に違いないわ。

セリーヌ様、今度はわたくしが貴女様のお力になりますわ！

わたくしはそう決心し、入学式が終わるや否や、仲の良い令嬢たちに声をかけ、セリーヌ様の魅力をお伝えすることにいたしました。

＊　＊　＊

はぁ〜、マクシム様が尊い。

マクシム様は入学前の学力試験で首席だったらしく、先ほどの入学式で新入生代表の挨拶をした。

超絶美形の公爵様ってだけでもハイスペックなのに勉強もできるって！　マクシム様スパダリすぎん⁉

そして、壇上に立つマクシム様は、ステンドグラスから差す光を浴び、その美貌と相まって、まるで神様が降臨したかのように神々しかった。

前世だったらあの姿をこっそり写メって、印刷して神棚に飾って崇めていただろうなぁ。はぁ、眼福とはこのことか。

そんなことを思いつつ教室へと移動すると、早速悪役令嬢のドロテア様が声をかけてきた。

「セリーヌ様、ご機嫌よう。偶然にもわたくしたちは同じクラスで、席も近いのです！　まるで運命に導かれたようで、とっても嬉しいですわ♡」

「ご、ご機嫌ようドロテア様。そうなのですか？」

先ほどの件もあり若干気まずいのだが、ドロテア様はそんなことお構いなしに私にベッタリくっついてくる。

「席はあちらですわ。一緒に行きましょう♡」

語尾にハートマークが見える勢いでキャッキャッとはしゃぐドロテア様。

あれ、悪役令嬢ってこんなにフレンドリーなの？

そんな疑問を抱きつつ席に座ると、近くにいた令嬢たちもワラワラと私の周りに集まり出し、あっという間に囲まれてしまった。

うわわわ、一体何事⁉

「セリーヌ様、ご機嫌よう」

「み、皆様ご機嫌よう」

状況が飲み込めないまま一先《ひとま》ず挨拶をすると、ドロテア様は頬に手を当て、うっとりとした表情で口を開いた。

「実はセリーヌ様がいらっしゃる前、皆様とセリーヌ様の魅力について語り合っていたのですわ」

んんん⁉　これは、入学式早々悪役令嬢に虐められるパターンか⁉

思わず身構えていると、ドロテア様は恍惚とした表情で語り出す。

「そう言えば、先ほどの壇上に立つマクシム様、セリーヌ様を熱い眼差しで見つめ続けていらっしゃいましたわね♡　セリーヌ様もマクシム様を温かく見つめ返していらっしゃって、二人の強い愛を感じましたわ♡　うふふ」

ありゃ、予想が外れた？

呆然としていると、ドロテア様に追随するように、他の令嬢たちも高揚した様子で次々に口を開いた。

「私も拝見しましたが、見つめ合うお二人の姿が美しくて、まるで一枚の絵画のようでしたわ」

「そうそう！　ステンドグラスの光がちょうどマクシム様とセリーヌ様を照らして、まるで神からの祝福を受けているようでしたわ」

うげっ！　壇上でのマクシム様の姿を目に焼き付けようと凝視していたのがバレていた!!

それに式典中、なんか背中が温かいなと思っていたら、まさか私にまで光が当たっていたなんて！

うわあぁぁぁ恥ずかしい!!

顔に血が上るのを感じながら思わず頬に手を当てると、ニマニマした表情でドロテア様が続けた。

「まぁまぁまぁっ、セリーヌ様照れていらっしゃるのですか？　なんてお可愛らしい方なのでしょう♡　これはマクシム様が溺愛なさるのも分かりますわね。うふふふ♡」

ドロテア様の言葉に、他の令嬢たちもうんうんと力強く頷いた。

これ何の辱め!?　うわぁぁ、羞恥心で死ねる！

精神をゴリゴリ削られ居た堪れなくて俯いていると、近くにいたご令嬢が堰を切ったように話しかけてきた。

「私、セリーヌ様とお話ししたかったのです！　ぜひ仲良くしてくださいませ！」

すると他の令嬢たちも、私も！　私も！　と続いてきた。

「まぁまぁ皆様、お気持ちは分かりますが、セリーヌ様が驚いてしまいますわ」

精神力マイナスの状態で、なおかつ予想外の展開に頭がついていかずアワアワしていると、ドロテア様が令嬢たちを窘《たしな》めた。

そして、うっとりした表情のまま私を見つめてきた。

「わたくし、美しいものも好きですが、可愛いものも好きなのです。セリーヌ様はそのどちらも持ち合わせていらっしゃって、わたくしの理想そのものですわ♡」

ドロテア様が手を伸ばし、そっと私の手に触れた時だ。

「セリーヌ嬢、ここにいたのですね」

頭上から聞き慣れた声が聞こえてきた。

この声は！

「マクシム様！」

マクシム様は私の手をそっと握ると、ドロテア様に冷たい眼差しを向ける。

「ドロテア嬢、悪いがこの美しい手は僕のものなので、勝手に触れられては困るな」

「マクシム様、これは大変失礼いたしました。ですが、令嬢同士の戯れにまで目を光らせるなんて……紳士的な態度とは言えませんわね？」

あ、あれ？　何だかマクシム様から不機嫌なオーラが。

そんなことを思っていると、ガラッと教室の扉が開き、教師と思われる壮年の男性が教壇に立った。

「皆様予鈴が鳴っていますよ。自席に戻るように」

教師が来たことで、ドロテア様をはじめとした周囲の令嬢たちは、残念そうな様子で席に戻って行った。

＊　＊　＊

教師のオリエンテーションを聞き流しながら、先ほどの光景を思い返す。

セリーヌ嬢は魅力的だと思っていたが、まさか女性まで引き寄せてしまうとは。

遅れて教室に戻ってみれば、セリーヌ嬢は令嬢たちに取り囲まれていた。

どの令嬢たちもセリーヌ嬢を羨望の眼差しで見つめていたが、その中でもデルベ公爵家の令嬢……ドロテア嬢には何か熱烈なものを感じる。

あの令嬢は油断ならないな。

ドロテア嬢は親しげにセリーヌ嬢と話していたかと思うと、セリーヌ嬢の手を握ろうとした。

令嬢同士の戯れとはいえ、挨拶する場面でもないのに手を握るとは、通常はないことだ。

その行為について咎めたところ、ドロテア嬢は僕を牽制してきたのだ。

男については細心の注意を払ってきたつもりだが、女性は完全にノーマークだった。

くそっ、僕としたことが油断した。

危険因子は排除したいところだが、セリーヌ嬢は今まで親しい令嬢がいなかったと聞く。

令嬢たちの集いは貴重な情報収集の場であり、貴族にとって必要なものでもある。無闇に手出しをするのは得策ではないだろう。

僕としては気に入らない展開だが、ここは静観するのが妥当だろうな。

とはいえ、取り巻きの令嬢たち、特にドロテア嬢の動向には細心の注意を払わねば。

そんなことを考えつつさりげなくセリーヌ嬢を見ると、何やら真剣な表情で教師の話を聞いている。

……相変わらず貴女は美しい。

しばし見惚れていると、同じくセリーヌ嬢を見つめる者の視線に気づいた。

その視線の持ち主は……はぁ、ドロテア嬢か。

ドロテア嬢は、我が国ユーラグナ王国の王太子であるクリス殿下の婚約者だ。

殿下と僕はそれなりに交流があるため、ドロテア嬢の話も時折耳にするが、二人の仲は悪くなさそうだ。

……殿下に、彼女との接触を増やすようさりげなく助言しておこうか？

教師の声を背景音楽に、僕は残りの時間の全てを使って、ドロテア嬢対策に思考を巡らせることにした。

第六章　ヒロイン登場！

「おはようございます、セリーヌ嬢」

「お、おはようございます、マクシム様」

我が家のエントランスには、今朝もお父様とお母様、そして従者に囲まれても一目で分かるキラキラした美貌の男性が。

はうっ！　今日も神々しいっ!!

すでに毎朝の光景になっているが、この超越した美貌を見る度に顔が熱くなり、ポンコツな脳みそは思考を止めてしまう。

「セリーヌ、気をつけて行ってきなさい」

「はい。お父様、お母様」

「ではセリーヌ嬢、行きましょうか」

マクシム様のエスコートで馬車に乗り込むと、ゆっくりと馬車が動き出した。

マクシム様は、入学式以降も毎朝ラルミナル家まで迎えに来る。

ラルミナル領は王都からそう遠くないし、リュオのお世話や保護猫カフェの運営もしているので通学を選択したのだが、マクシム様も公爵としての仕事があるため、レイヤー領からの通学を選択したそうだ。

レイヤー領とラルミナル領は位置的に近いのでこうして行き来はできるが、それでも毎日のお迎えは負担だと思う。

「あの、マクシム様。毎朝お迎えに来なくても大丈夫ですよ？　その分早く起きなければいけませんし、マクシム様のご負担になってしまいます」

「ふふ、心配してくれてありがとう。でも、僕は元々長時間の睡眠が取れない体質ですし、馬車の中でも簡単な仕事はできます」

ショートスリーパーで仕事ができるって、マクシム様は何から何までスパダリすぎる！

私がポーッとしていると、マクシム様は私の腰を抱きながら微笑を浮かべた。

ああああ！　笑顔が眩しいっ!!

毎日のことで多少慣れてきたとはいえ、やっぱりこの笑顔を見るとドキドキするぅぅ!!

「それに、僕はセリーヌ嬢の送迎を負担だと思ったことは一度もありません。貴女とともに過ごす時間が増えるなら、どんなことも苦痛に感じない。むしろこうした時間は僕の喜びなのです」

「マ、マクシム様」

「もしかして、送迎はご迷惑でしたか？」

「い、いえ！　決してそんなことはありません！」

マクシム様が好きな私としては毎日間近でその美貌を拝めるのは嬉しいけど、前世も今世も男には縁遠い生活を送っていたから刺激が強すぎるの！

服越しでも分かる引き締まった身体に包まれながら悩殺笑顔を振りまかれて、毎日鼻血が出そうになるのを必死で堪えているのよーー!!

「そうですか。それなら良かったです」

ああ、ヤバい。

言っている側から鼻奥がツンとしてきた。

でもこんな密着状態でいきなり扇子開いて顔を覆うのも変だし、だからと言って鼻血ブーするのを見られたくないし。

そ、そうだ！　何か別の話をしよう!!

「マ、マクシム様、近々うちのリュオを保護猫カフェデビューさせようと思っているのです」

「そうなのですか。確かに今後のことを考えると、他の猫たちにも慣れさせた方が良いですね」

私は保護猫カフェを運営しているため、どうしてもリュオ以外の猫との接触がある。

今のところトラブルなく過ごしているが、やはり他の猫たちにも慣れさせておく必要があるだろう。

「すぐに慣れるかは分かりませんが、リュオの負担にならないように徐々に慣らしていこうと思っています」

「最初は戸惑いもあるかもしれませんが、慣れればきっと大丈夫でしょう。そうだ、今度レティも保護猫カフェに連れていきますね」

レティちゃんはマクシム様が飼っている猫だ。

レティちゃんとリュオはすでに何度か対面させており、二匹の仲は良い。

特にレティちゃんがリュオを気に入っており、毛繕いをしてあげたり尻尾で遊んであげたり、まるで我が子のように愛情を注いでいる。

そして、リュオもそんなレティちゃんを親のように見て甘えている節がある。

「リュオはレティちゃんを親のように見ているところがありますから、レティちゃんがいてくれればリュオも安心して過ごせると思います」

レティちゃんがリュオを構う姿って、微笑ましくて可愛いんだよねぇ。ふふふ。

あぁ、猫たちの仲睦まじい光景を想像すると思わず顔の筋肉が緩むわ。

そんなユルユルな頬にマクシム様がそっと触れ、私の顔を覗き込んできた。

うわぁぁぁ！　急接近されると心の準備があぁぁぁ!?　あっ、ダメ、また鼻血が……っ!!

「セリーヌ嬢は猫の話をするといつも笑顔になりますね」

「ママママクシム様!?」

「できればその笑顔は僕だけに向けてほしい。貴女の全ては僕のものだ、何者にも渡したくない」

え、あの鉄仮面公爵様が猫様相手に嫉妬!?

衝撃的すぎて思考回路がショート寸前なのに、いきなり至近距離とかヤバいって!!

って、あああああマズい鼻血が！　で、でもこの至近距離で鼻血ブーは見られたくない!!

咄嗟《とっさ》にマクシム様の肩にグイグイと頭を押しつけながら、ポケットに入れていたハンカチを高速で取り出し鼻を覆った。

ちなみにハンカチの高速取り出し技は、マクシム様に興奮してしょっちゅう鼻血ブーするため、転生後に身につけた技である。

ふー、危ない。何とか間に合った。

これで一安心とほっとしていると、マクシム様は私をぎゅっと抱き締めてきた。

「ふふふ、甘えているの？」

ごめん、マクシム様。それ勘違い！

でも、鼻血ブーを隠すために肩を借りましたとは恥ずかしくて言えない!!

「セリーヌ嬢は僕を魅了するのがうまいね。僕はすっかり貴女の虜だ」

「マクシム様、そんな」

「やれやれ、これが無自覚だから余計に目が離せないよ」

マクシム様は「見張りをもっと増やすか」などと何やらブツブツとつぶやいているけど、何のことやらさっぱり分からない。

「あ、あの、マクシム様？」

「ん？　ああ、何でもないよ。それより」

マクシム様が私の顎に手をかけようとした時、外から「もうすぐ学園に着きますのでご準備をお願いいたします」と御者が話しかけてきた。

おぉ、御者。ナイスタイミング！　鼻血も止まったし、密着状態から離れよう。

「マクシム様、もうすぐ着くそうですよ！」

「あぁ、そのようですね」

マクシム様から残念そうなオーラが漂ってきている気がするが、うん、きっと気のせいだ。

そうこうしているうちに馬車は校門前にゆっくりと止まる。

御者が扉を開けると、マクシム様は先に降り、私をエスコートする。

入学当初から続く仲良し登校。

当初こそ目立っていたものの、毎日のこととなると周りも日常の光景として認識するようになるのか、今では変に反応をされることもなくなった。

「あっ、セリーヌ様よ！」

「セリーヌ様だわ！」

教室に入ると近くにいたご令嬢たちがワラワラと寄ってきた。

ちなみにこれも学園に通い出してからほぼ毎日繰り広げられている光景なので、一月もすれば流石に慣れるものだ。

「皆様、おはようございます」

「おはようございます」

マクシム様と一緒に挨拶をして自席に着くと、予鈴前に教師がガラガラと扉を開けて入ってきた。

「皆さん席に着いてください」

あれ、先生いつもより来るのが早いなぁ、と思っていると、扉付近にチラリと人影が見えた。

ん？　誰だろう。この時期に転校生かな、珍しいわね。

「本日から当学園に通うことになった転入生を紹介します。アリス君、中へどうぞ」

肩までのフワフワした栗毛に、垂れ目がちのウルウルした大きい瞳。

知ってる！　私、この子知ってる!!

「皆さん初めましてっ！　本日からお世話になりますアリス・ド・マーベルです。よろしくお願いします！」

キターーーーッ！

ヒロインのアリスキターーーーッ!!

「アリス君は来たばかりだから、分からないことも多いでしょう。皆さんアリス君が早く学園生活に馴染めるように手助けしてあげてください。学園の案内は、マクシム君にお願いしてもいいかな？」

本来ならマクシム様は公爵なので指示される立場ではないのだけど、ここは学園。教師は、学園内であれば生徒を君付けで呼んだり、指導したりできるのよね。

「はい、分かりました」

「アリス君、後でマクシム君に学園を案内してもらいなさい。君の席はあちらです」

ヒロインのアリスちゃんはマクシム様の斜め後ろの空席に向かって歩き出した。

うおぉぉぉお!!　生ヒロインを間近で拝める!!

私、ヒロインと同じ空間にいる！　同じ空気吸っている!!

転生して良かったぁぁぁ！

と、感動を噛み締めていると、マクシム様の側を通ったアリスちゃんは「マクシム様、よろしくお願いします♡」と甘～い声でヒソヒソと耳元で囁いた。

流石はヒロイン！　声まで可愛いっ!!

「……」

アリスちゃんの人懐っこい雰囲気とは対照的に、マクシム様からは不用意に近づくなオーラが出ている。

あれ？　もしかしてヒロインの登場で、マクシム様のツンツンキャラが復活したのかしら？

はぁ、いけない。生ヒロインについ興奮しちゃったけど、ヒロインが登場したってことはここからがゲームスタートってことよね。

そう、ここは乙女ゲームの世界。

今まではヒロインが不在だったためゲームの世界感をあまり考えずにきたけど、ここからは嫌でもゲームストーリーを意識することになるだろう。

って、そんなことを言っても、前世ではプレイする前に死んじゃったから内容はほとんど分からないのだけどね。

でも、今のマクシム様とヒロインの流れって、イベントの布石っぽいなぁ。

そもそも、マクシム様は複数いる攻略対象者の一人だ。

マクシム様ルートは難しく、少しでも選択肢を間違えるとバッドエンドになってしまう。

選択肢をノーミスで通過するのは当たり前で、更に好感度をマックスまで上げなければハッピーエンドを迎えることはできない。

アリスちゃんは一体誰のルートを選ぶのだろうか。

他の攻略対象者は、マクシム様ルートほどは難しくない展開だったはず。

そちらのルートを選んでくれればいいけど、もしヒロインがあえて難しいマクシム様ルートを選ぶ、私のようなゲームマニアだったら……

マクシム様を選んでしまったら、私たちの関係はどうなるのだろうか。

(もし、マクシム様ルートを選んだなら、私たちの婚約は解消されることになるのかな？　そして、マクシム様とアリスちゃんが結ばれて……)

あれ、何だろう。急に胸が苦しくなってきた。

それに心なしか視界が滲んできた気がする。

(もし、もし、マクシム様がヒロインを好きになっちゃったら……)

急に目の前が真っ暗になるような、嫌な感じがする。

落ち着こうと、スーハースーハー深呼吸をしていると「セリーヌ様、もしかしてお加減が悪いのですか？」とヒソヒソ声で話しかけられた。

顔を上げると、ドロテア様が席から心配そうに私を見つめている。

「まぁ、セリーヌ様、お顔の色が真っ青ですわ。医務室で休まれた方が」

「ドロテア様、お気遣いありがとうございます。私は……大丈夫、で……」

あれれれ、おかしいぞ？　本当に目の前が暗くなってきた。

「きゃあ！　セリーヌ様⁉」

「セリーヌ嬢！」

ドロテア様の悲鳴とマクシム様の声、辺りのざわつく音が聞こえてくるけど、身体が痺れて動か……ない……

全身から力が抜けていくのを感じながら、私は意識を手放した。

＊　＊　＊

……ハッ⁉

目を開けると真っ白い天井が飛び込んできた。

あれ、ここは一体どこ？

「セリーヌ嬢⁉」

「セリーヌ様‼」

マクシム様とドロテア様の声？

声のする方を見ると、心配そうに私を見つめる二つの顔が視界に入ってきた。

「マクシム様、ドロテア様。私は一体」

「あ、急に起き上がらないでください」

反対側から腕がニュッと伸びてきて、起き上がるのを止められる。

ああ、びっくりした。ってか、この正体不明のおじさんは誰？

「セリーヌ様は、意識を失い医務室に運ばれたのです。幸い外傷はありませんでしたが、いきなり起き上がるとまた同様の症状が発生する恐れがあります」

あ、この人お医者様か！　不審者扱いしてごめんなさい!!

心の中で平謝りしていると、お医者様はそのまま私の脈を測り、他に異常がないか診察を始めた。

「ふむ、特に身体に異常はなさそうです。ゆっくり起き上がってください。気分が悪くなったりしていませんか？」

「はい、大丈夫です」

「最近悩み事や心配事はありませんでしたか？」

悩み事や心配事？

え、まさかさっき教室で考えていたことが原因……？

もしそうだとしたら、マクシム様がいる前でとてもそんなことを話せない。

「いえ、何もありません」

「そうですか。では、何らかの原因で身体に無理がかかったのでしょう。今日はゆっくり休んでください」

「はい、ありがとうございます」

「セリーヌ様、大事に至らず良かったですわ」

「そうですね、セリーヌ嬢が無事で良かったです。あ、先生、少しお時間いいですか？」

マクシム様は席を立とうとしたお医者様を呼び止めると、そのまま医務室を後にした。

基本ポジティブ思考で病気とは無縁だった前世の私が、まさか教室でぶっ倒れるなんて。やっぱりセリーヌはご令嬢だから、前世より心も身体も弱いのかしらね。

ウンウンと一人で納得していると、ドロテア様が真剣な面持ちで話しかけてきた。

「セリーヌ様、少しお話ししてもよろしいでしょうか」

「はい、何でしょう」

「セリーヌ様が倒れた理由ですが、もしかして転入生のアリス様の態度が原因ではありませんか？」

ギクッ!? 確かに倒れる前マクシム様とアリスちゃんのことを考えていたけど、何故そのことが分かった!?

「うぇっ!? な、何故それを……」

「何故って、自分の婚約者に対して異性があのような馴れ馴れしい態度で近寄ってきたら、普通は心穏やかではいられませんわ。婚約者のいる異性には適度な距離を保って接するのがマナーですのに」

確かに、ここユーラグナ王国では、婚約者のいる異性に必要以上に近づくことはマナー違反とされている。

中にはマナー違反をする者もいるが、その場合は周りの貴族からは白い目で見られるし、略奪などをした場合は社交界から追放されることもある。

「ユーラグナ王国の貴族ならマクシム様に婚約者がいることくらいご存じのはず。それにもかかわらず、あのアリスというご令嬢はあのような態度を取るなんて！ わたくしは怒りに震えております!!」

ドロテア様は、悔しい!!　と言わんばかりに持っていたハンカチをキーッ！　と噛んだ。

あ、なんかこの表情、悪役令嬢っぽいな。

「セリーヌ様、やられっぱなしではいけませんわ！　わたくしも協力いたしますので、あの泥棒猫からお二人の関係を守り抜くのです!!」

ああ、泥棒猫のフレーズ懐かしい！　それ転生して割とすぐに言われたような記憶があるよ!?

「そうと決まれば、同志たちにも話をしてきますわ!!」

「え、あの」

同志？　何のこと？

私の声はドロテア様の耳には届いていないのか、ドロテア様は興奮した様子で椅子から立ち上がると「セリーヌ様、ご機嫌よう」と華麗にお辞儀をして医務室から出て行ってしまった。

えーー!?　ちょっと待ってよ、何だか私そっちのけで話が進んでない!?

ドロテア様を追いかけたくても、先ほどぶっ倒れたばかりなので流石に無理はできない。

諦めてベッドにゴロンと寝転ぶと、再び白い天井が視界に入る。

はぁ、仕方ない。ちょっと頭の中を整理するか。

シミ一つない天井をぼんやり眺めているとヒロイン、いやアリスちゃんの顔が脳裏を過《よぎ》る。

そういえば、さっきのアリスちゃんとマクシム様の学園案内の件ってどうなったのだろう？

考えながらふと時計を見ると、すでに午後の授業の時間になっていた。

うわ〜、私、結構寝ちゃっていたんだな。

すると、ガラリと扉が開く音が聞こえてきた。誰だろう、お医者様かな？

リュオのお世話もあるし、そろそろ帰って良いか聞いてみようっと。

むくりと上体を起こすと「失礼します」というマクシム様の声がして、シャッとカーテンが開いた。

「あれ、マクシム様？」

「医者から詳しく話を聞いていました。セリーヌ嬢、体調はどうですか？」

「はい、もう何ともありません」

「そうですか。では、僕と一緒に帰りましょう。ラルミナル家まで送ります」

「えっ⁉　でも、授業は⁉」

「教師には話を通しているので心配しなくても大丈夫。それに僕は授業を受けずとも教本の内容なんて分かりますから、後日セリーヌ嬢に教えますよ」

「で、では、アリス様の学園案内は？」

「案内？　ああ、あれですか。セリーヌ嬢より優先すべきことなんてありませんから、他の人にお願いしましたよ。そんなことより、セリーヌ嬢にまた何かあってはいけないから、馬車まで僕がお連れします」

ナニィ⁉　アリスちゃんの学園案内を他人にお願いしただと⁉

それ、超重要イベントだったはずなのでは⁉

ハッ!!　もしかして、私が倒れたせいでストーリーを変えてしまった!?

「ちょっと失礼しますね」

マクシム様はそっと布団を取ると私を抱き締めてきた。

うきゃぁぁ!!　真っ昼間から学園内で抱擁!?

いきなり密着なんて聞いてない!!　心の準備がぁぁぁ!?

「ママママクシム様!?」

「おっと、危ないから動かないでくださいね」

動くなと言われても、刺激が強すぎて！　心の準備が必要なのにぃ!!

マクシム様はスッと私の膝下にも手を回すと、ヒョイッと抱き上げた。

うわわわ、落ちる!?

浮遊感が怖くて咄嗟《とっさ》にマクシム様の首にしがみつく。

「セリーヌ嬢、可愛い。いつもこのくらい密着してくれたら嬉しいのにな」

「ええっ!?」

「ふふ、冗談です。移動しますからこのまま僕に掴まっていてくださいね」

マクシム様はそう言うと私をお姫様抱っこしたまま颯爽と歩き出す。

馬車に着いても、「危ないから」とよく分からない理由から横抱きの密着状態のまま、マクシム様の過保護すぎる介抱を受ける羽目になった……

＊＊＊

……な、何なの？

いきなり女生徒が倒れたのにもびっくりしたけど、その女生徒を鉄仮面公爵様が抱き上げて医務室に連れて行くなんて。そんなストーリー展開なかったはずよ。

まさか裏イベント？　いや、そんなはずはないわ。

攻略本にもそんな記載はなかったはずだし、全ルート制覇した私が知らない裏イベントなんてないはずなのに。

考えているとあっという間に時間が過ぎ去っていた。

チャイムが鳴ると悪役令嬢はスッと席を立ち、私をキッと睨むとそのまま教室を出て行ってしまった。

うわ、怖っ！　悪役令嬢なだけあって凄い迫力ね。

するとそこに、入れ違いで鉄仮面公爵様が教室に入ってきた。

良かった、戻ってきたわ。攻略対象者なんだから私とのイベントがあるものね、ふふふ。

……そう、私は転生者。異世界転生ってやつね。

前世では乙女ゲームをこよなく愛していた。もちろんこのゲームも攻略済み。

あ、ちなみに転生したのは三日前で、ようやくこの世界にも馴染んできたところよ。

私は、前世で鉄仮面公爵様推しだった。

でも攻略が難しくてバッドエンドばかり迎えて、社交界から干されたり、国から追放されたりしていたっけ。

今回も鉄仮面公爵様推しで行きたいところだけど、せっかくヒロインに転生したんだもの。他の攻略対象者とのイベントも体験したいのよねぇ。

あーん、どのルートにするか悩んじゃう！

あ、鉄仮面公爵様がこっちに来た！　よく見ると鉄仮面公爵様ってゲーム画面よりもこっちの世界の方が美形なのよね。うふふ、ちょっと声をかけてみよっと♡

そう、私はヒロイン。この世界の主人公なんだから存分に満喫しなくっちゃね♡

「あっ、鉄仮……マクシム様ぁ♡　学園案内、よろしくお願いしますぅ♡」

鉄仮面公爵様の腕にしがみつき、うるうるの瞳で見つめてみた。

どう？　私とっても可愛いでしょ？

「アリス嬢、学園案内は他の者に代わってもらいました。放課後、その者が案内するので、授業が終わったら教室に残っていてください」

「え？」

な、何を言っているの？

学園案内は今後のルートを決めるための大切なイベントのはずなのに。

「それと、正直こういう行動は迷惑なので、私に無闇に近づかないでいただきたい。では、失礼」

「マ、マクシム様？　あの」

私の言葉を無視するように、鉄仮面公爵様は私の手を解いて背を向けた。

えええ嘘ぉ⁉　ちょ、ちょっと私とのイベントはどうする気よ⁉

鉄仮面公爵様を追いかけようとしたけどタイミング悪くチャイムが鳴ってしまい、入れ変わるように教師が入ってきてしまった。

「アリス君、何をしているのだね。早く席に着きなさい」

「でも」

「すでにチャイムは鳴っています。授業中に教師に従わない場合は減点の対象になりますよ」

うわ、こいつモブの癖にマジでウザい!!

でも、ここで教師に盾突いて成績が落ちたりすれば鉄仮面公爵様のルートに響くし……ああ、もうっ！　何で予想外の出来事ばかり起こるのよ!!

渋々席に戻ると、教師は何事もなかったかのように授業を始めた。

あーもー、どいつもこいつもクソばっか!!

はぁ、いけない、いけない。ちょっと落ち着こう。

モヤる気持ちを抑えるために、授業を聞き流しながらこれまでの流れを振り返ってみた。

さっきから何なの？　こんなの、有り得ない。

学園に来てからストーリーにないことばかり起きている。

挨拶早々、いきなり女生徒が倒れるし。

鉄仮面公爵様はその女生徒（しかも美人）を抱き上げてどっかへ行っちゃうし！

やっと戻ってきたと思ったら学園案内のイベントを完全放棄していなくなっちゃうし!!

おかしいわ、絶対変よ！　ゲームストーリーが変わっている。

何で？　どうして？

……もしかして、誰かが故意にストーリーを変えている……？

もし、私と同じくストーリーを知っている転生者がいて、そいつが都合の良いようにストーリーを変えているとしたら？

そして、その歪みがヒロインの私に降りかかってきているとしたら？

そんなの困るわ！　勝手にストーリーを変えないでよ!!

このゲームはバッドエンドを迎えると、社交界から干されたり、国外追放があったり、攻略対象者と心中するといったルートがある。

せっかくヒロインとして転生したのに、バッドエンドとか冗談キツすぎるでしょ!?

……私の邪魔をする奴は絶対許さない。

どこの誰かは知らないけど、化けの皮を剥いで正体を暴いてやるわ。

そう、私はヒロイン。この世界の主人公は私よ。ふふ、せいぜい悪足掻きをするがいいわ。

乙女ゲームはいつだってヒロイン中心に回っている。

この世界で幸せを掴むのは、私なのだから。

＊　＊　＊

「セリーヌ嬢、何か身体に異変があったらすぐに知らせてくださいね」

「ハイワカリマシタマクシムサマ」

心配してくれるのは凄く嬉しいのだけど、このやり取り何十回目かしら。

一晩ぐっすり眠って体調が良くなったため、今朝はいつも通り学園に行こうとしたのだが、お父様、お母様、マクシム様に「まだ休んでいた方がいいのでは？」と散々心配された。

前世では、小・中・高と皆勤賞を取るくらい超超超健康体だった私からすると、どこも悪くないのに学園を休むのはズル休みのようで後ろめたい気持ちになる。

それに、ストーリーの展開も気になるので、周囲の心配を振り切り学園へ行くことにしたのだ。

まぁ、そのお陰でマクシム様と通学中の馬車内でさっきのやり取りを数十回繰り返す羽目になったのだけどね……

そうしてやっと学園に着き、ガラガラと教室の扉を開けると、早速ご令嬢たちがワラワラと寄ってきた。

その人集《ひとだか》りを掻き分けるように、ドロテア様が勢いよくこちらにやってきた。

って、わぁ凄い迫力！

「セリーヌ様！　お身体は大丈夫ですの!?」

「ドロテア様、ご機嫌よう。ええ、一晩寝たらすっかり元気になりました」

「まぁ！　それは良かったですわ！　皆もセリーヌ様のことを心配していたのです。ご無事で何よりですわ」

「ドロテア様、それに皆様にも大変ご心配をおかけいたしました。私はもう大丈夫です」

ドロテア様とのやり取りを聞いたご令嬢たちは一斉に胸の辺りに手を当て、ほっとした表情を浮かべた。

皆に心配かけちゃったな。今後はこんなことにならないように気をつけないと。

そんなことを思っていると、なんだか刺さるような鋭い視線が。

視線の先を見ると……え！　アリスちゃん⁉

何何何⁉　なんかすっごい睨まれてるんですけど⁉

あの愛らしい顔から想像もできないような形相で睨まれたかと思うと、私と視線が合った途端ニコッと天使スマイルを向けてきた。

あ、あれ？　いつものヒロイン顔に戻っている？　おかしいなぁ、さっきのは幻？

頭の中がハテナマークだらけのままゴシゴシ目を擦っていると、始業のチャイムが鳴った。

やば、席に着かなきゃ先生に注意される！

慌てて席に着くと、ガラガラと教室の扉を開けて教師が入ってきた。

セーフ！　間に合った‼

ほっと胸を撫で下ろしつつ、教本を机に広げながら、ふっと先ほどの出来事を思い返す。

アリスちゃんのさっきのアレ、何だったのだろう？

ま、いっか。今は授業に集中しよっと！

少々引っかかるが、授業中は無闇にアクションを起こせないので、大人しく授業に集中することにした。

＊　＊　＊

カーン！　カーン！

はっ！　もう午前中が終わっちゃった⁉

歴史や文化など、学園での勉強は乙女ゲーム世界を熟知する上で必要な知識だ。

そのため、授業を聞いていると、まるで攻略本を読んでいる時のようなワクワクした気持ちになる。気づけば授業に没頭してしまい、時間が経つのがあっという間に感じてしまう。

ああ、頭使ったから急にお腹が空いてきたわ。

グォー！　キュルルルル‼

ゲッ、お腹鳴っちゃった！　周りに聞こえてないよね⁉

お腹の音が周囲に漏れていないかキョロキョロしていると、「セリーヌ嬢、ランチタイムになりましたから一緒にカフェテリアに行きましょう」とマクシム様に声をかけられた。

ちなみにマクシム様と私は、ランチタイムにはカフェテリアに行っていつも一緒にご飯を食べている。

「あ、マクシム様。あの、えっと」

どうしよう、今日は使用人からお弁当を持たされているんだよね。

実は今朝、昨日倒れたことを知った使用人たちが心配して「学園に行くなら、せめて身体に優しいものを」と特製弁当を用意してくれたのだ。

カフェテリアにお弁当を持ち込むこともできるけど、お弁当を広げるとちょっと目立つのよね。

「セリーヌ嬢、どうかしたのですか」

「あ、ええっと。実は今日、使用人たちがお弁当を持たせてくれたのです。カフェテリアではない場所で食べようかな、と思って」

「そうだったのですね。では僕も売店で何か買ってきます」

「でも売店は遠いですし、この時間帯になると凄く混むじゃないですか」

あ、待てよ。これは久々に学園内で一人になれるチャンスなのでは!?

マクシム様と一緒に過ごす時間は大好きだけど、どこかでアリスちゃんがイベント発生させてないか気になるのよね。

「ですが」

「マクシム様！　どうか私にお気遣いなく、いつも通りカフェテリアに行ってください！　ほら、たまには他の方と交流するのも楽しいと思いますよ!?」

あれ？　マクシム様が悩むような仕草をして固まったけど、私、何か地雷発言でもしたかしら。

「分かりました。でもセリーヌ嬢、くれぐれも気をつけてくださいね」

「はい！　分かりました！」

ほ、良かった。これで無事に一人行動ができそうね。

よぉーし！　ここは学園巡り第二弾と行こうじゃないの!!

マクシム様は何度かこちらを振り返りつつ教室を出て行った。

よし、このまま教室にいるとご令嬢たちに絡まれそうなので、お弁当は学園巡りの途中で食べよう。

鞄からお弁当を取り出し、足早に教室を後にする。

学生で溢れる廊下を縫うように歩いていると、突き当たりに辿り着いた。

さぁて、どっちに行こうかな。

右は教室が続いているため学生たちでざわざわしているが、左は医務室や実習科目の準備室があるため人気《ひとけ》がない。

イベントが起こりやすいのは大体が人気《ひとけ》のない場所なのよね。……よし、左!!

そういえば、さっき教室を出た時にはアリスちゃんの姿はなかった。

もしかしたらイベント発生ポイントに移動したのかしら。

アリスちゃんのイベントの邪魔をするつもりはないのだけど、どのルートを選ぶのかだけは見届けたいのよね。

私はモブの立場なので、ヒロインの邪魔をするなんておこがましいと思っている。

だけど、もしアリスちゃんがマクシム様のルートを選んだなら、私たち二人の今後について考えなければならないだろう。

その場合、アリスちゃんとマクシム様の幸せのためにスパッと身を引いて、二人を祝福するのが一番なのだろうが、私はその時、本当に笑顔で別れられるのだろうか……。もし、それが決まったシナリオだったとしても、私は……

そんなことを考えながら歩いていると、目の前に壁が現れた。

あれ、行き止まり？

はぁ、この道はハズレのようね。

ふと窓から外を見下ろすと裏庭が見える。

むむっ⁉　人気《ひとけ》もないし、なんだかイベントが起こりそうな雰囲気がするわね！

よし、裏庭に行ってみよう‼

足早に校舎を後にして裏庭に出てみると、人気《ひとけ》がないどころか手入れが行き届いていない花壇には雑草が茂り、薄暗い雰囲気だった。

あれれ、また予想が外れたみたいだ。

はぁ、残念。引き返すか。

裏庭に背を向けて歩き出そうとした時、ガサガサッと草木が動く音がした。

‼　な、何⁉

現在外は無風で、風で草木が揺れたわけではない。

じゃあ、あそこに何かがいるってこと⁉

うぅ。怖いけど、あそこの前を通らないと教室に戻れない……よし、勇気を出して走り抜けよう！

パァンッ！　と両頬を叩いて気合いを入れる。

さぁ、いざ参らんっ!!

……って、うぎゃぁぁぁ!!

私の頬を叩く音にびっくりしたのか、黒い物体がいきなり飛び出してきた。

「ッ!!」

びっくりして思わず防衛の姿勢をとり、おそるおそる目を開けると、私の目の前には……黒い短毛に覆われた金目のモフモフが。

「……あ、猫!?」

人は驚きすぎると声も出なくなるというけど、本当だった。

叫び声すら出なかったが、飛び出してきたものが猫だと分かると、一気に身体の力が抜ける。

「はは、なんだ、猫様か……」

心臓バクバク状態のままヘナヘナとその場に座り込むと、猫は私の抱えているお弁当箱をフンフンと嗅ぎ出した。

「ん？　あ、もしかしてお腹が空いているのかしら」

人間用のご飯は塩分が濃いから、基本的には与えられない。

どうしよう、困ったな。

何かないかポケットをゴソゴソしていると、ガサッと指に何かが当たった。

あ、そうだ！　猫用オヤツをポケットに入れっぱなしだったわ！

実は今日、帰り道にある保護猫カフェに寄って、販売予定の試作品を保護猫たちにあげようと思っていた。

そして、後で鞄に移すつもりで、ポケットにオヤツをしまったまま登校してしまったのだ。

「これなら猫用だから安心ね。よしよし、今オヤツあげるから待っていてね」

ガサガサと袋を開けて中身を出してあげると、猫は興味津々といった様子でフンフンと匂いを嗅いでいる。

ちょうど良いから私もここでお昼ご飯を食べちゃお。

その場でお弁当セットに付いていたランチマットを広げると、そのうえに猫用オヤツを置いてあげる。

すると、猫はガツガツと勢い良くオヤツを食べ始めた。

「ふふ、良かった。食べてくれて」

あー、猫様を見ていたら私もお腹空いちゃった！　早く食べよっと。いただきまーす！

おお、豪華なお弁当!!

うわ、このエビうまっ！　この卵もちょうどいい焼き具合！　流石はラルミナル家の使用人、良い仕事してますね〜!!

お弁当の味を噛み締めていると、ギイッと校舎の扉が開いた。

あれ？　誰か来た。

ふと顔を上げると、扉の前で固まる女生徒の姿が……って、アリスちゃん⁉

「ええっ⁉　な、なんで人がいるのよ⁉」

アリスちゃんは驚愕した様子で声を上げる。

一体どうしたのだろう？

「アリスちゃ、様。どうしたのですか？」

「どうしたもこうしたも、何でアンタがここにいるのよ⁉」

凄い剣幕で詰め寄ってくるアリスちゃん。え、どうしよう、何かいけないことをしたのかな？

「え、あの」

「ちょっとアンタ、早くそこを退きなさいよ！　じゃないと」

「お前たち、一体何を騒いでいる」

え、また誰か来た？　って、あああああ‼

私、知ってる！　この無駄にキラキラオーラまとった人、知ってるよ‼

「ク、クリス殿下⁉」

やっぱり、クリス殿下だ！　攻略対象者の俺様殿下じゃん‼

ってことは、ここがイベント発生ポイント⁉　やばい、猫様がいたからうっかり目立つところに居座っちゃった！

「こんな場所に先客が二人もいるとは……ん？」

攻略対象者の俺様殿下ことクリス殿下は、訝しげな表情のまま、ふと視線を私の足元にいる猫に向けた。

「何だ、そなたもその猫のことを知っていたのか」

「え」

いやいや、猫様とは初対面なんですけど。そしてここがイベント発生ポイントだったのも知らなかったんですごめんなさい！

「この猫は学園内に迷い込んでしまったようで、私が先日ここで見つけたのだ。お腹が空いているようだったから、餌をあげたらこの場に居ついてしまってな。それから毎日餌をあげに来ていたのだが、他にこの猫に餌をあげる者がいるとは知らなかったぞ」

ふーん、そうなのか。って、納得している場合じゃなかった！

「えっと、あの」

「そなた、名前は何と言う？」

「え？　えっと……」

私とクリス殿下のやり取りを聞いていたアリスちゃんが、ズズイと横から入ってきた。

「クリス殿下、初めてお目にかかります。私の名前はアリス・ド」

「君ではなく、こちらの令嬢の名を聞いている。で、そなたの名は何と言う？」

ちょ、ちょぃとお待ちよ、殿下！　隣にいるのがヒロインだよ!?　そんな態度取っちゃダメでしょ!!　って、ああそれより早く名乗らないと不敬罪になってしまう！

「も、申し遅れました！　セリーヌ・ド・ラルミナルと申します」

「ラルミナル？　ああ、マクシムの婚約者だったか。セリーヌ嬢の噂は聞いているが、想像以上の美人だな。あのマクシムがそなたに執着する理由が分かるよ、ははは」

「は、はぁ」

クリス殿下は話しながら私の側までやってくると、持っていた猫用ご飯をそっと猫様の側に置いた。

「セリーヌ嬢も猫が好きなのか？」

「え、ええ。実は家で猫を飼っております」

「ふむ、そうか。実はこの猫を王宮で引き取るか考えていたのだが、私は猫を飼ったことがなくて悩んでいたのだ」

「そうなのですね」

「経験者のセリーヌ嬢なら色々と話が聞けそうだ。またランチタイムの時にここに来てくれ」

「へっ⁉　は、はい！」

「では、またお会いしよう」

クリス殿下はそっと私の手を取りチュッと軽く口付けを落とすと、颯爽とその場を後にした。

うう、挨拶とはいえ手の甲に口付けされるのってやっぱり小っ恥ずかしくて慣れないなぁ。

転生前は喪女だったし、転生してからもずっとマクシム様以外に年頃の異性と知り会う機会がなかった私。

マクシム様から手の甲にキスされる度に心臓がバクバクしていたけど、この世界の挨拶としては割と一般的なのよね。

って、いやいや、そんなことよりアリスちゃんは⁉

慌てて振り返ると、顔面蒼白のアリスちゃんが立っているのが見えた。

「嘘、こんなことって……」

何かブツブツつぶやいているようだが聞き取れない。何を言っているのだろうか？

「あの、アリス様？」

アリスちゃんの方に歩き出すと、カーン！　カーン！　と予鈴が鳴った。

うわ、ヤバッ！　後十分で授業が始まっちゃう‼

「アリス様、授業が始まってしまいますわ！　急ぎましょう‼」

咄嗟《とっさ》にアリスちゃんの手を取ろうと腕を伸ばすも、パンッ！　と勢い良く振り払われた。

「っ！　アリス様？」

いたた。

腕をさすりながら顔を上げると、アリスちゃんはキッと私を睨み付け、フンッと顔を背けて教室とは別方向に向かって歩き出してしまった。

「アリスちゃん、どうしたのだろう？　って、いけない！　授業に遅れちゃう！」

アリスちゃんの行動が気になるが、このままでは教室に辿り着くまでに授業が始まってしまう！

私は足早に教室に戻ることにした。

（はぁ、アリスちゃんには悪いことをしちゃったかな）

先ほどの出来事を思い返すと自然とため息が出る。

授業中にずっと考えていたのだが、きっとアリスちゃんは私がまたイベントフラグを折ってしまったから怒っているのだろう、という結論に辿り着いた。

（イベントフラグを折ったの二回目だよね？　ああ、どうしよう）

ゲームならリセットすればいいいだけだが、この世界は皆が生きていて流れる時間は止めることも巻き戻すこともできない。つまり、やってしまったことは取り返しがつかないのだ。

（これはアリスちゃんに謝った方がいいのかな？）

ちなみに、アリスちゃんは午後の授業に出ていない。

（でも、まさか「イベントフラグ折ってごめんなさい」だなんて言えないし。はぁぁ、私は一体どうしたら良いの？）

なけなしの脳みそをフル回転させていると、トントンと肩を叩かれた。

おお、マクシム様か！　びっくりした！

「セリーヌ嬢、もう授業は終わっていますよ。どうしました？」

「マクシム様、ええっと」

「何か考え事ですか？」

「は、はい、そうです」

「そうですか……そろそろ一緒に帰りませんか？」

本当は、帰宅途中に保護猫カフェに試作品の猫用オヤツを持って行くつもりだったのだが、さっき猫様にあげてなくなったので、早く帰ろうと思っていた。

「はい。では、すぐに片付けますね！」

机に広げっぱなしの教本や筆記用具を無造作に鞄に突っ込み立ち上がると、マクシム様がふふっと笑った。

「そんなに焦らなくてもいいのに。では帰りましょうか」

(前世の癖でつい荷物を鞄に突っ込んじゃったけど、流石にはしたなかったかな。ちょっと恥ずかしい)

顔が熱くなるのを感じつつしばらく廊下を歩いていると、マクシム様が何かを思い出したように口を開いた。

「そういえば、今日配布された書類の提出期限って明日でしたよね」

「書類……？　あ！」

ヤバッ！　急いでいたから机の中に入れっぱなしだ!!

「マクシム様、すみません。机の中に入れっぱなしにしていたので取りに行ってきます。すぐ戻るのでマクシム様は先に馬車で待っていてください！」

「セリーヌ嬢、それなら僕が取りに」

マクシム様が何か言っていたような気がするけど、早く書類取りに行かなきゃ！

早歩きで廊下を進み教室に戻ると、すでに生徒たちはいなくなっていた。

(えーっと、書類、書類……あった！)

ふう、これで一安心。

書類を手に入れほっとした時、視界の端を黒い何かが横切った。

え、何⁉

(あれは、さっき裏庭にいた猫様？)

教室の隅で小さく丸まるそれは、ランチタイムの時に裏庭にいた猫とそっくりだ。

(裏庭から迷い込んじゃったのかしら？　このままにしてあげたい気持ちもあるけど、流石に教室内はダメだよね。元の場所に戻してあげよう)

猫の側へ近寄ると、先ほどオヤツの入っていたポケットの辺りをフンフンと嗅ぎ出した。

「ごめんね、今日はもうオヤツがないんだ。明日また持ってきてあげるから、今日は元いた場所に戻りましょう」

猫をそっと撫でると大人しくしていたので、そのまま優しく抱き上げる。

(ふふ、可愛いな)

腕にすっぽり収まる猫を眺めながら歩いていると、ドンッ！　と何かに当たった。

「ぶっ⁉」

「あ、ワリッ！　大丈夫か⁉」

いったぁ！　と思って顔を上げると、男子の制服が目に入った。

そのまま視線を上げると、私と同じ赤毛を持つ、精悍な顔立ちの男子生徒と目が合った。

(お、おおおお⁉　この人、見たことある！)

赤毛の短髪に、切れ長の鋭い瞳、そしてこの長身にがっしりした体格の持ち主。間違いない、攻略対象者の脳筋騎士様だわ！

学園に通い出して一月以上経っても見かけなかった攻略対象者たちに今日一日だけで二人も遭遇するなんて、やっぱりヒロイン効果なのかしらねぇ。

それにしても、さっきから脳筋騎士様がこちらを凝視している。何故だろう？

「その腕に抱えているのは、猫か？」

「へ？　ああ、はい。教室に紛れ込んでしまったようなので、裏庭に放してあげようと思って」

「へぇ～、学園に動物が紛れ込むことなんてあるんだな。ちょっと触ってもいいか？」

「え、ええ。でも野良猫のようなので引っ掻かれないように気をつけてくださいね」

「おう。……モフモフしていて可愛いなぁ」

腕の中で大人しくしている猫に向かって脳筋騎士様がゆっくり手を差し出すと、猫はフンフンと匂いを嗅ぎ出した。

「猫が好きなのですか？」

「ああ。猫だけじゃなくて動物全般好きだけどな。でも今は寮生活だから原則生き物は持ち込めねーだろ？　そのうえ、俺ん家は代々騎士やってっから、家は不在になりがちだし。使用人に世話を任せることもできっけど、自分で飼い出した動物の世話を全くしねーのは何だか無責任な気がしてな」

残念そうな顔で猫をそっと撫でる脳筋騎士様。

動物好きなのにちょっと可哀想な境遇だな……あ！　そうだ。

「あの。私、実は保護猫カフェを運営しているのですが、もし良ければ一度来てみますか？」

「ホゴネコカフェ？」

「はい。捨て猫や野良猫を保護する施設なのですが、カフェスペースもあるので猫を眺めながらお茶することもできるんですよ」

「ほぉ～、そんな施設があるのか！　興味があるから場所を教えてくれ！」

「あ、はい！」

脳筋騎士様に場所を教えていると、遠くから「オリバー！　早くしろー!!」と声がした。

「やべ、先輩に呼ばれちった！　早く鍛錬に戻らねーと!!　また話そうぜ。あ、俺はオリバー・デ・アンザス。君の名前は？」

「あ、申し遅れました。私はセリーヌ・ド・ラルミナルと申します」

「ラルミナル？　なんか聞き覚えがある名だな……まぁいいや、引き止めて悪かったな！　じゃ!!」

脳筋、いや、オリバー様は先輩の元へ勢い良く駆け出した。

(鍛錬中で疲れているだろうにあれだけ勢い良くダッシュができるとは。やっぱり騎士様なだけあって体力あるんだなぁ、って、いやいや、そんなことより早く猫様を裏庭に連れて行かねば)

「セリーヌ嬢？」

「!!」

うわっ、びっくりした！　って、あれ？　マクシム様が何故ここに？

「遅いから心配になって様子を見に来たのですが」

「ああ、お待たせしてしまってごめんなさい！　実は教室に猫が迷い込んでしまったみたいで、元いた裏庭に戻そうと思っていたのです」

「猫？」

マクシム様は一瞬腕の中の猫を覗いたが、すぐに視線を私に戻した。

「そうだったのですか、では僕も同行します」

うーん、でも、私の用事に付き合わせてしまうのはなんだか申し訳ないな。

「でも」

「それより、先ほどオリバーと何を話していたのですか」

「え？　何って」

私の言葉を遮るように問いかけてくるマクシム様。

あれれ？　何だかいつもと様子が違う。

「セリーヌ嬢はいつオリバーと知り合いになったのです？　随分と親しげな様子でしたよね」

マクシム様は無表情のままだけど、何だか冷たいオーラが漂ってきている。

もしかして……怒っている!?

「マクシム様、あの」

「それに、ランチタイムの時から貴女の様子がいつもと違いましたね。何かあったのですか」

こ、怖い！　声のトーンは穏やかなのに、マクシム様の目はちっとも穏やかじゃないよ⁉

「え、あ」

マクシム様の迫力に思わず後ずざる私の腰に、マクシム様は「逃がさん」とばかりにガッチリ腕を回して、グイッと強引に引き寄せる。

「僕はセリーヌ嬢のことは何でも知りたい。猫を返した後、今日一日何があったのか馬車の中でゆっくり話をしましょうか」

(ひぃぃぃぃ！　マ、マクシム様が怖い‼)

ヘルプを出そうと辺りを見回しても、こーゆー時に限って誰もいない。

「マ、マクシム様」

「あ、そうだ。もし、木登りの時のように何か無茶をしているようなら、また「反省」をしてもらわないといけないかもしれませんね」

は、反省ってアレをまたするの⁉　ちょっと待って！　それは、心の準備がぁぁぁ⁉

「ふふ、セリーヌ嬢からどんな話が聞けるのか楽しみですね」

＊　＊　＊

全く、貴女という人は。

先ほどのセリーヌ嬢の話を思い返すと自然とため息が出る。

セリーヌ嬢を送る馬車内で、今日一日の出来事について詳細を聞き出した。

まぁ正確には、彼女のウブで恥ずかしがり屋の性格を利用して尋問したと言った方がいいだろうか。

僕の腕の中で頬を赤らめ、羞恥心に目を潤ませる彼女はこの上なく愛らしかったが、その発言に愕然とした。

先ほどのオリバーの件だけでなく、クリス殿下とも接触していたとは……はぁ。

実は、あの二人とは家同士の繋がりで、幼少期から交流がある。

当然二人の性格も知っているため、できればあの二人とセリーヌ嬢を接触させるのは避けたかったのだが。

セリーヌ嬢の話を聞く限りは、オリバーもクリス殿下もセリーヌ嬢に恋情を抱いてはいないようだが、油断はできない。

オリバーは昔っから動物好きなうえに、好きなことには一直線なタイプだ。

猫好きで心の広いセリーヌ嬢とは話が合うだろうし、そこから恋情を抱く可能性は充分ある。

それに、彼は鍛錬ばかりで色恋には疎い故、のめり込んだ時は暴走する可能性もあるだろう。

反対に、クリス殿下は王族なだけあって令嬢の扱いに慣れている。

彼は少々自信家なところがあるが、それだけの能力と権力を兼ね備えており、男女問わず人を惹きつける魅力がある。

そんな殿下に少しでもセリーヌ嬢の気持ちが揺れるのは困るし、万が一、殿下がセリーヌ嬢に恋情を抱いた場合は非常に厄介なことになるだろう。

今後は二人の動向についても注視しなければならないな。

そう、本人たちすら気づかないうちに、危ない芽は摘み取っておかねば。

それと、少々気になるのがアリス・ド・マーベルという転入生だ。

当初は何も気にしていなかったが、アリス嬢が来てからセリーヌ嬢の様子がおかしい。

いや、そもそも学園に来てからのセリーヌ嬢はどこか様子がおかしかったのだが、それは入学したてだから落ち着かないのかと思っていた。

しかし、転入初日にアリス嬢を見るや否や、やけにソワソワしだし、かと思えばこのところは落ち込む様子を見せている。

セリーヌ嬢とアリス嬢には何か繋がりがあるのか？

セリーヌ嬢が倒れたあの日、僕は念のためアリス嬢について調べた。

マーベル男爵は、先代の功績により男爵位を賜ったばかりの成り上がり貴族で、子はアリス嬢のみである。

マーベル男爵家には貴族同士の繋がりはないと聞くので、一人娘のアリス嬢に人脈を開拓してもらうことを期待してこの学園に入学させた可能性が高い。

そんなアリス嬢とセリーヌ嬢に以前から繋がりがあったとは考えにくい。

それに、アリス嬢が婚約者のいる者にまで不用意に近づく点も気になる。

アリス嬢が学園内で近づいた人物は今のところ僕とクリス殿下の二名のようだが、僕たちはこの国では権力者である。

権力者と繋がりを持とうと寄ってくる輩は多いが、僕もクリス殿下も婚約者がいる。年頃の令嬢は相手に気を遣って不用意に声をかけたりはしない。

……そして、アリス嬢のセリーヌ嬢を見る目。あれは相手を蔑み、敵対心を持つ者の目だ。

この学園においてセリーヌ嬢を慕う令嬢は非常に多いが、過去にはセリーヌ嬢を「ピンク令嬢」などと蔑む者がいたのは周知の事実だ。

今ではそのような陰口を叩く者はほぼいないが、もしかしたらアリス嬢もそういった類の輩なのだろうか。

アリス嬢について、もう少し調べてみるか。

「マクシム様、邸宅へ到着します」

御者の声かけで顔を上げ窓の外を見ると、見慣れた景色が視界に入る。馬車はゆっくりと速度を落としながら門前に止まった。

御者が扉を開けると、外から綺麗な夕日が差してきた。

できたらこの美しい夕陽を貴女と見たかった。

「リク、今日も一日ご苦労だった。この後は出かける予定はないからゆっくり休むといい」

馬車から降り、馬を一撫でしながら御者に労いの言葉をかけると、僕は残りの仕事とアリス嬢の調査を片付けるために自室へと向かった。

＊　＊　＊

ここは、放課後の廊下。

攻略対象者の脳筋騎士様とのイベント発生ポイント……のはずなのに。

何で！　何で、誰もいないのよ⁉

ランチタイムにクリス殿下とのイベントを邪魔されて胸糞が悪かったから、午後は仮病を使って医務室で休んでいた。

放課後になったからイベントのために廊下に来てみたものの、攻略対象者たちにかすりもしない。

おかしいわ、イベントが発生しないなんて。……まさか、またあのモブ女が妨害している⁉

医務室で休んでいる間、学園に来てからの出来事について考えていた。

私が来て早々に、鉄仮面公爵様が倒れたモブ女を抱きかかえて退出してしまい、戻ってきたと思ったら私とのイベントを拒んだ。そして、俺様殿下とのイベント発生ポイントには昨日と同じモブ女が先に陣取っていた。

ああ、思い出すだけで悪夢のようだわ。

そして、ストーリーから外れた出来事には必ずあのモブ女が絡んでいることに気づいた。

マジウザい！　モブの癖に！

あの女が何者なのか最初は気づけなかったが、長身・赤毛・キツめの目元でピンときた。

あれは、悪役令嬢の取り巻きにいたモブ令嬢よ。

ゲームの中では猫背でダサくていつも髪で顔を隠している、陰湿な印象の女だったはず。

なのに、この世界では明るい美人に変わっていた。

……私の邪魔はさせないわ!!

こうしている間にもまたイベントを妨害されているかもしれないと思ったら居ても立ってもいられず、自然と足が動いた。

すると、目の前に大きい影が過《よぎ》った。

やった、ついにイベント発生ね!?

「きゃっ」

「うわっ!? す、すまない!」

え、この声誰? 脳筋騎士様の声じゃない気がする。

顔を上げると知らない男子生徒が目の前に突っ立っていた。

え? 誰、コイツ。

「大丈夫? どこか怪我はしていない?」

「え、ええ」

「本当ごめんね!」

男子生徒は平謝りしながらその場を立ち去った。

ああ、びっくりした。それより、早く攻略対象者を捜さないと。

気を取り直して歩き出そうとした時、先ほどの男子生徒の声と、聞き覚えのある声がしてきた。

あの声は、脳筋騎士様!?

慌てて男子生徒の向かった先へと走っていくと、先ほどの男子生徒に、ガタイの良い赤髪の爽やかな青年が駆け寄るところが見えた。

ええ!?　なんでこんな所に脳筋騎士様がいるのよ！　イベントポイントはこんな場所じゃなかったはずよ!?

何が何だか分からない。

少しでも手がかりが欲しくて攻略対象者が出てきた方の廊下をチラリと覗くと、同じく赤髪の女子生徒が男子生徒に声をかけられているところだった。

え、待って！　あの男子生徒、鉄仮面公爵様じゃない!?

やっぱり、あのモブ女……！

あの女だけストーリーと違う行動を取り、その結果、攻略対象者の動きも変わっている。

これはもう、間違いない。

あの女は、私と同じく転生者ね!!

私の敵は、アンタだったのね。

ふ、ふふ。ようやく尻尾を掴んだわよ。アンタがその気なら、私も容赦しないわ。

今まで散々私の邪魔をしてくれたお返し、たぁっぷりとしてあげなきゃね。

第七章　二人の転生者

「セリーヌ嬢、段差になっています。転ぶといけないから気をつけて」

「え、ええ」

（こんだけ密着していたら転びようがないと思うんですけど!!）

俺様殿下と脳筋騎士様と出会ってしまった翌日。今日のマクシム様は朝からずっとこんな調子だ。

まぁ、その原因を作ったのは私なんだけどさ……

（いや、私の好奇心で色々やらかしたのは事実だし認めているよ!? それに、恋人が異性と親しげに会話していたら良い気がしないのも分かるし、そこは凄く反省してる）

私だってマクシム様が他の子と会話していたら胸がザワザワするし、不安にもなると思う。

現に、アリスちゃんとマクシム様のことを考えると、胸が痛いし、苦しい。

（はぁ、しばらく目立った行動は控えよう）

アリスちゃんがどのルートを選ぶか気になって色々と動いてしまったが、どうも私が行動すると予想外の結果を招いてしまうようなので、少し行動を自粛しなきゃ。

ぐるぐると考えていると、マクシム様が教室の扉を開けてくれた。

すると、ドロテア様とクラスの令嬢たちがアリスちゃんを取り囲んでいた。

ん？　何かあったのかな？

扉の開く音に気づき、一瞬キッとこちらを睨んだアリスちゃんは次の瞬間、目に涙を浮かべて一目散にこちらに駆け出してきた。

「マクシムさまぁっ！　助けてくださいっ！」

「あっ、ちょっと貴女!?」

ドロテア様の制止を振り切り、ドンッと勢いよくマクシム様の胸にタックルするアリスちゃん。

ええっと？　一体、何が起きているの？

思わずマクシム様を見ると、無言のまま顰《しか》めっ面になっている。

(わぁ、あまり表情が変わらないマクシム様が思いっきり嫌悪感を滲ませているよ)

マクシム様の不機嫌オーラをヒシヒシと感じ取った私は、とりあえずアリスちゃんに離れてもらおうと話しかけることにした。

「あの、アリス様。一体どうし」

「マクシム様、あの人たちが私のことを虐めるんです。私、私、怖くて……グスッ」

(ええーっと、私の声聞こえていないのかな？)

私の存在を華麗にスルーしたアリスちゃんは一方的にマクシム様に話しかけている。

「うーん、こういう時はどうしたら良いのだろう」と思っていると、マクシム様はアリスちゃんの肩を掴んでグイッと強引に引き剥がした。

「アリス嬢、やめてくれ」

「マクシム様……？」

「何があったのかは知らないが、君には先日みだりに近寄るなと忠告したはずだ」

「マクシム様、でも」

「僕はセリーヌ嬢を愛しているし、婚約者以外の異性に近寄られるのは迷惑だ」

こんな時に不謹慎だと思いながらも、マクシム様の「愛している」発言にドキッと胸が高鳴る。

嬉しいと思った気持ちを周りに悟られぬよう、今は心の中にしまっておこう。

すると、アリスちゃんは涙目のままキッと私を睨んだ。

「マクシム様はこの人に騙されています！　この女の本性を知らないから……！」

え、何!?　私の本性？

いきなり話を振られて何のことか分からないでいると、カーン！　カーン！　とタイミング悪く予鈴が鳴ってしまった。

(あっ、大変！　席に着かなきゃ！)

「アリス様、一先《ひとま》ず席に着きましょう！　……あっ」

伸ばした手は、アリスちゃんに勢い良くバシッと叩かれた。そしてそのまま私の耳元で「昼休みに昨日の裏庭に来なさい。逃げんじゃないわよ」と囁くと、アリスちゃんはそのまま教室を飛び出して行った。

(いたた。私に話って何だろう？)

「セリーヌ嬢、大丈夫ですか!?」

マクシム様が私の手を取り、怪我がないか確認してくれる。

マクシム様はどんな時も私に優しいなぁ、って今はそんな場合じゃなかった！

「マクシム様、ありがとうございます。でも、予鈴が鳴っているので早く席に着きましょう」

私たちのやり取りを見ていたドロテア様たちは「セリーヌ様に何てことを！　アリス様は本当に非常識ですわ！」とプリプリ怒りながら各々自席に戻って行った。


聞きなれた鐘の音が教室に響き渡る。

（ふぅ、ランチタイムか）

アリスちゃんは体調不良を理由に、今日も午前中の授業は欠席だった。

あまり休んでばかりいると出席日数が足りなくなりそうだけど、大丈夫なのだろうか。

そんなことを思いながら、朝起きた出来事を思い返す。

（今朝のアリスちゃんの態度、絶対私を良く思っていない証拠よね）

私の言葉を無視してマクシム様に抱きつき話しかけたり、マクシム様に「私に騙されている」と言ったり。

（アリスちゃんはマクシム様ルートを選んだの？　だから、マクシム様の側にいる私が邪魔なのかな）

私はこの世界ではモブの存在だ。

この世界の主人公はアリスちゃん。私は「悪役令嬢の取り巻き」でしかない。

その私がゲームストーリーを無視してマクシム様の婚約者になり、わざとではないにしろヒロインを差し置いて他の攻略対象者とも出会ってしまったのだから、アリスちゃんの選択肢に歪みが出ているのだろう。

(ランチタイムに一体何を言われるのかな)

怖いけど、一度話をしておく必要があるだろう。

不安な気持ちを抱えながら立ち上がると、何かが手に触れた。

そちらを見ると、マクシム様が私の手をそっと掴んでいた。

「セリーヌ嬢、どこへ行くのですか?」

心配そうな目。マクシム様はいつも私のことをこうやって気にかけてくれる。

握られた手から、視線から、マクシム様の愛が痛いほどに伝わってくる。

アリスちゃんの所に行くって素直に話したら、きっとマクシム様は止めるだろう。

無茶な行動はしないと約束したけど、今回ばかりはそうも言っていられない。

「ええ〜っと……お、お花摘みに行って参りますわ。お、おほほほ」

「セリーヌ嬢、何か隠し事をしていませんか」

ギクッ!! な、何故分かった!?

マズイ、このままマクシム様と会話をしているとボロが出そう。

その前に退散しなければ!!

「え!? そ、そんなことはありませんわ。では、失礼っ!」

「あっ、セリーヌ嬢!」

マクシム様の手をそっと解き、ランチタイムでざわつく生徒たちを縫うようにそそくさと教室を出た。

（ふぅ、何とか教室から脱出したわ。さて、裏庭に急がないと！）

足早に裏庭へ向かい校舎の扉を開くと、階段に座ったアリスちゃんが見えた。

「アリス様、お待たせしました」

「ふん、とりあえずそこにでも座りなさいよ」

可憐なヒロインのイメージは一体どこへ行ったのか、腕組みしたまま顎で指示するアリスちゃん。

（うわ〜、しゃべる前から怒っている？）

「は、はい」

大人しく隣に座ると、アリスちゃんはキッと私を睨んできた。

「アンタ、何なわけ？　私の邪魔をしてタダで済むと思ってんの？」

「は、はぁ」

「はぁ、じゃねーよ！　アンタ、転生者でしょ」

え？　テンセイシャ？

「もうアンタの正体は分かってんだよ。私と同じ、転生者なんでしょう？」

テンセイシャって、転生者!?

えええええ!?　どどうしてそのことを!?

それに、アリスちゃんも転生者なの!?

あまりに衝撃的すぎて頭がついていかないよ〜!!

「ななんでそのことを!?」

「やっぱりね。で、アンタはこの世界で逆ハーレムでも作りたいわけ？」

「ぎゃ、逆ハーレム!?　そんなつもり、これっぽっちもないですよ！」

「じゃあ何で勝手にストーリー変えるのよ!?　アンタのせいでイベントが変わっちゃったじゃない!!」

ああ、やっぱり。

私が勝手に動いているせいでストーリーが変わってしまったんだ。

「ご、ごめんなさい。そんなつもりはなかったのですが」

「はぁ？　散々こっちに迷惑かけといて『そんなつもりはなかったんです』って、アンタふざけてんの？」

「すみません、モブの自覚はあります。アリス様にご迷惑をかけるつもりはなかったのですが、何故か私が行動するとストーリーが変わってしまいまして」

アリスちゃん、めっちゃ怖ぇぇ!!

凄みを利かせた態度にビビりつつ必死に説明をしていると、アリスちゃんは何か思いついたように意地の悪い笑みを浮かべた。

「そう。私に迷惑をかけるつもりはないのね？」

「は、はい！」

「じゃあ、鉄仮面公爵様と別れてよ」

「え？」

「あれは攻略対象者よ？　つまり、ヒロインである私のものなの。人のものを勝手に取っておいて迷惑かけるつもりはないとか信用できないわ。だから今すぐ別れてくれる？」

「そ、れは」

頭をガンッと殴られたような衝撃が走る。

マクシム様は、確かに攻略対象者だよ？

でも、だからって人を物のように扱うなんて。

それに、いきなり別れてって、そんな……

「できないわけ？　じゃあアンタの話は信用しないわ」

心臓が締めつけられるように、痛い。

でも、これだけは、はっきりさせたい。

「アリス様は……マクシム様のことが好きなのですか？」

「は？　そんなのまだ分かんないわよ。でも私の選択肢を勝手に取られちゃ困るの！　ヒロインはどのルートを選ぶか自由に決められることも醍醐味のひとつでしょ？　その楽しみを勝手に奪わないでよ」

ちょっと待って。

まだ誰にするか決めてもいないのに、ルート選びの楽しみのために別れろってこと？

「それにしても、悪役令嬢のダッサイ取り巻きに転生するなんてアンタも気の毒ね～。アンタ、綺麗になっていたから最初誰だか分かんなかったわよ。けど、悪役令嬢とともに断罪される運命なんだから、変な悪足掻きはやめたら？　あ、そうだ。今すぐ鉄仮面公爵様と別れて私に許しを請うなら、今までのことは大目に見て、断罪の時に罪が軽くなるようにしてあげても良いわよ？」

マクシム様の耳に心地良い声。

私をエスコートしてくれる大きい手。

そして、私を見つめる優しい眼差し。

それらを思い出すのと同時に、私の中で何かがプツッと切れた。

「……です」

「何？　大人しく従う気になった？」

「嫌、です」

「は？」

「嫌です！　絶対に別れません!!」

「何よ!?　やっぱりアンタは私の邪魔したいんじゃない！」

私の言葉を聞いたアリスちゃんは再び般若のような形相に変わり、私に突っかかってきた。

でも、アリスちゃんがどんな態度で来ても、もう私の気持ちは変わらない。

「先ほども話した通り、私はアリス様の邪魔をするつもりはありません。ですが、私にも譲れないものはあります！」

乙女ゲームが好きだったのであろう前世のアリスちゃんの思いも分かる。

私がストーリーを乱してしまった申し訳なさもある。

でも、今、私はハッキリと自覚した。

「結果的にアリス様の選択肢を奪ってしまったことは謝ります。ですが、私とマクシム様の時間はかけがえのないものです！　はい、そうですか、と言って簡単に手放すことなんてできませんっ!!

私は、絶っ対に引きませんからっっ!!」

私は、マクシム様と別れたくない!!

マクシム様と別れるくらいなら、喜んで断罪されてやるわ!!

「こっ、の……！　アンタは目障りなのよ!!」

アリスちゃんが思い切り手を振り上げたため、咄嗟《とっさ》に腕でガードする。

バシッと腕に衝撃が走る。

「っ！」

「くっ、どこまでも生意気ね！」

そのまま顔をガードしていると、何故かアリスちゃんの悲鳴が聞こえた。

「きゃあっ!!」

「アリス嬢、そこまでだ」

え、この声は？

「マクシム様!?　ど、どうしてここに!?」

「すみません、セリーヌ嬢の様子がおかしかったので後をつけました」

「いたぁい！　放して!!」

えええ!?　尾行されてたの!?

どどうしよう！　じゃあアリスちゃんとの会話も聞かれていた!?

「アリス嬢、セリーヌ嬢に二度も手を上げるとは何事だ。このまま貴様を不敬罪で騎士団へ引き渡す」

「!?」

マクシム様はアリスちゃんの腕を掴んだまま、見たことのないような冷酷な瞳で彼女を見下ろしている。

そして恐怖に固まるアリスちゃんを引き摺るように、その腕を強く引っ張り連行しようとした。

(ちょ、ちょっと待って!?)

「マクシム様、お待ちください！」

「セリーヌ嬢、此奴は身分の高い貴女に手を出したのですから同情の余地などありません。早いところ処分してもらいましょう」

「嫌っ!!　放して!!」

マクシム様は激情を抑え切れないのか、怒気を孕んだ鋭い眼差しをしている。

マズい。マクシム様、相当ご立腹だ。

このままでは本当にアリスちゃんが不敬罪で処罰されてしまう！

「マクシム様、私はアリス様の処罰は望んでおりません！　ですから少し落ち着きましょう⁉」

マクシム様は、はぁ、とため息を吐きながら口を開いた。

「分かりました、そこまで言うならセリーヌ嬢の話を聞きましょう。……アリス嬢、もし逃げる素振りを見せたら僕がこの場で処分します」

「きゃっ」

マクシム様は懐から短剣を取り出すと、青ざめた顔のアリスちゃんを無造作に放した。

よろめき尻餅をついたアリスちゃんは、俯いたままぶつぶつ何かつぶやいている。

「攻略対象者がヒロインに乱暴をするなんて……そんな……」

一先《ひとま》ずアリスちゃんの安全は確保されてホッとしたけど、どう話を切り出したら良いものやら。

頭を整理していると、マクシム様が先に口を開いた。

「セリーヌ嬢、実は二人が話している内容を一部聞いてしまいました。申し訳ありません」

「え」
マ　ジ　で　⁉
じ、じゃあやっぱり乙女ゲームの話とか聞こえていたってこと⁉

(じゃあ、私たちが転生者であることもきっとあの会話でバレたよね⁉)

私はマクシム様の婚約者になって以来、転生者だという事実を隠していることに、どこか後ろめたさを感じていた。

でも、マクシム様の反応が怖くて、ずっと伝えることができなかった。

話すことができないなら、転生者である事実は墓場まで持っていこう、と心に決めていたのだ。

それなのに、こんな形でバレてしまうなんて。

「マクシム様、ごめんなさい。私は転生者で、前世の記憶があることを今まで黙っていました」

マクシム様の痛いくらいの視線を感じるけど、怖くて目を見ることができない。

「やはり、そうだったのですね」

ん？　やはりって……？

「実はアリス嬢が来て以来、貴女の様子がおかしかったので、アリス嬢について調べていました。そうするうちに、ある可能性に辿り着きました」

思わず顔を上げると、美しく神秘的な色合いの瞳と目が合った。

こんな時に不謹慎と思いつつ、ドキッと胸が高鳴るのを感じた。

「貴女とアリス嬢に繋がりがないことは調査で分かっていましたが、それにもかかわらず貴女はアリス嬢が現れた日から、ずっと彼女の動向を気にしているようだった。……そう、まるでアリス嬢のことを前から知っていたかのように」

す、凄い、流石はこの国の次期宰相様。

私の言動をそこまで注意深く観察していたとは。

「そして僕は、父の部屋にあった母の日記と、過去の記憶を思い出しました」

ん？　お母様の日記？

「日記のほとんどは僕たち子供の成長記録でしたが、その中の一部に未来……そう、今の学園生活について予言するようなことが書かれていました」

学園生活……？　え、それって、もしかして。

「そこには、学園のどの場所に行くと、どのような出来事が起こるのか。また、重要な人物にはどこで会えるのかなどの内容が綴られていました。最初は母が自身の学生時代のエピソードを記載していたのかと思っていましたが、どうも違うようだった。記されていた名前は実在する私の同級生のものだったからです。たとえば日記には『登校初日に学園を案内してもらうこと』、『昼休みに裏庭で猫に餌をやること』が強調して書かれていた。アリス嬢の行動が、それをなぞるようなものに見えることが引っかかりました」

学園案内、裏庭……それらは全てイベント発生のトリガーだ。

じゃあ、もしかして、マクシム様のお母様も、私たちと同じ乙女ゲーム経験者だったってこと⁉

「日記だけではありません。母は生粋の令嬢にもかかわらず何故か料理が得意で、わざわざ遠国の東の国から取り寄せた食材を使用した料理を家族に振る舞っていました。確か……ニクジャガとかショウガヤキとか言っていたと記憶しています」

に、肉じゃがに生姜焼き⁉

それ、思いっきり日本の家庭料理じゃん‼

ああ、もう、これってマクシム様のお母様も私たちと同じ、日本からの転生者だったってことで確定じゃない⁉

「東の国の文字など読めないはずの母が、あちらの家庭料理を作ることなどどう考えても変ですし、そもそも書物で調べてもそのような名の料理は見当たらなかった。当時はそれが日常でしたので気にも留めていませんでしたが、母が亡くなり生活が一変した時、母は普通ではなかったと気づいたのです」

まぁ、そうだよね。

普通の令嬢は日本の家庭料理なんか絶対作らないよね。

「たくさんの書物を読み漁った結果、僕は母はもしかして異世界から来た人物だったのかもしれない、と思うようになり、一度父に尋ねたことがありました。その時、あまり表情を崩さない父の顔が一瞬歪んだのです。僕はその時確信しました、やはり母はこの世界の人間ではなかったのだと」

なるほど、マクシム様のお父様はお母様が転生者だと知っていたのか。

って、それより、こんなに身近に私たち以外の転生者がいたことに驚きだよ!!

「母の存在から、僕は貴女たちがここではない世界から来た可能性を見出しました。実は——セリーヌ嬢についてはは以前からそう感じていました」

「え!?」

う、うそ!?　いつから気づかれていた!?

「セリーヌ嬢、貴女と二回目に保護猫カフェでお茶をした時に、『アーク』を使用した『わふう』の菓子について、孤児院の院長に提案していたことがありましたね。遠国で交易も少ない東の国の菓子事情を、貴女は当たり前のように会話に出した。そのことに、僕は強い違和感を覚えました」

ギクッ！　そういえば、そんなこともあったわ……

「それに、貴女は母と同じく『アーク』を『あんこ』と呼んでいた。これらの発言をただの偶然で片付けるには無理があると思いました。また、聞き慣れない『わふう』という単語も気になったので東の国の書物で確認しましたが、『あんこ』『わふう』という言語はどこにも記載されていなかった」

あんなに初期から気づいていたなんて……

マクシム様の名推理を聞いて思わず生唾を飲む。

「母と貴女たちの不可解な行動を重ねると、僕の中で自然と答えが導き出されました。ですから、貴女たちが転生者だと聞いても驚きはありません」

マクシム様の発言に一気に身体の力が抜けていくのを感じる。

は、はは、まさかのマクシム様に異世界転生の免疫があったなんて知らなかったよ。

マクシム様の話を隣で聞いていたアリスちゃんも、驚きを隠せない様子で口を開いた。

「私たち以外に転生者がいたなんて……！　で、でも、この女は正体を隠してマクシム様に言い寄ったのよ⁉　マクシム様はそんな性悪女を許せるの⁉」

確かに、その通りだ。

私はマクシム様に全てを隠していたズルい女。

嫌われてしまっても、仕方がない。

マクシム様を見ているのが辛くて思わず俯くと、マクシム様は私の頬をそっと手のひらで覆い、優しく上を向かせた。

マクシム様の瞳は先ほどの激情を孕んだものとは違い、とても穏やかだ。

「もちろん、寂しい気持ちはありました。しかし、内容が内容ですから、そう容易《たやす》く打ち明けられるものではないでしょう。ですから、セリーヌ嬢に話す気がないなら僕も聞かずにいるつもりでした。もし転生者であることを黙っていた、ということが罪になるなら、僕も同罪です」

マクシム様の優しい言葉に視界が滲む。

マクシム様は、こんな私を、許そうとしている……？

「ああ、セリーヌ嬢、泣かないで。貴女に泣かれたら僕はどうして良いのか分からなくなる。貴女の正体に気づきながらも黙っていてすみませんでした」

マクシム様が謝る必要なんてないのに！

どうしよう、話したいことはたくさんあるのに、胸がいっぱいで……もう、言葉が……出ない。

「う、うぅっ……ふぇぇぇん！　マクシム様、今まで黙っていてごめんなさぁぁい!!」

ああ、ダメだ。

ポンコツな涙腺は完全に決壊して、口からは泣き声しか出てこない。

子供のように泣きじゃくる私の頭をヨシヨシと撫でるマクシム様。

そしてその手は背中に回り、そっと私を抱き締めた。

「僕は貴女が何者でも、変わらずに愛しています」

「わだしも……グスッ、あ゛いじで……ヒック……まず！」

「ふふ、恥ずかしがりの貴女から愛の言葉を聞けるなんて。嬉しいです」

私を抱き締める腕に力がこもる。

マクシム様、ありがとう。

私は、マクシム様がどうしようもなく大好きだ。

マクシム様に抱かれながらオイオイ泣いていると、ガチャッと校舎の扉が開いた。

ええっ⁉　こんな時に人が来た⁉

慌てて扉の方を見ると、気まずそうな顔をしたクリス殿下が立っていた。

ど、どうしよう！　まさか今の話聞かれていた⁉

「あー、その、すまない。話を聞いてしまった」

うわぁぁぁあ⁉　やっぱり‼

パニック状態で何も考えられずにいると、マクシム様は、はぁ、とため息を吐きながらクリス殿下に問いかけた。

「で？　どこまで我々の話を聞いていたんです？」

「あー、転生がどうこうって辺りの話を、少し」

ぎゃあぁぁ！　よりによって一番聞かれたくない部分‼

どうしよう、どう弁明したらいいの⁉

「いやぁ、まさかそなたたちが転生者だったとはな。驚いたぞ」

そりゃそうだよね、当然の反応だ。

「我々の世界では知り得ない知識を持った者たち、か。もし、これが本当なら国家機密に該当する案件だ。そして、他国にこの情報が流出しようものなら、悪用しようと企む輩が寄ってくるのは目に見えている」

「まぁ、そうでしょうね。対策としては二人をユーラグナ王国の管理下に置く以外ないかと」

「ふ、簡単に言ってくれるね。まぁ、セリーヌ嬢はマクシムの婚約者だからまだいいとして、アリス嬢が問題だな」

「この者は、先ほどセリーヌ嬢に暴言を吐き手を上げた。セリーヌ嬢は罪に問わないと言っていますが、殿下の決裁によりこの場で処分することもできますよ」

「ヒッ‼」

マクシム様は虫けらを見るような目でアリスちゃんを見下ろす。

どうやらマクシム様はまだアリスちゃんを許していないようだ。

確かにアリスちゃんには手を上げられたり散々なことを言われたりして傷付いたけど……で、でも、断罪はダメだよ⁉

「マクシム様、ダメです！　アリス様はこちらの世界に来て不安な中、私が好き勝手動いたせいで未来が変わってしまって動揺していたのです！　それに暴力的手段は遺恨が残ります！」

「だそうだよ、マクシム。だが王宮でいきなり彼女を匿《かくま》うとなると周囲が不審に思うだろうし、だからと言ってこのままアリス嬢を野放しにはできぬ。……あ！」

クリス殿下は何を思いついたのか「これはなかなかの名案だ」とブツブツ言いながら、嬉々とした表情で問いかけてきた。

「そういえば今朝オリバーから話を聞いたが、セリーヌ嬢は保護猫カフェを運営しているそうだな」

「は、はい」

「実は裏庭にいる猫を王宮で飼おうとしたのだが、父上が猫の毛でくしゃみが止まらなくなる体質でな。父上は飼ってもいいと言っていたのだが、周囲の人間が、国王の生活に支障が出る可能性があるということで反対して、結局許可が下りなかったのだよ。そこで、あの猫を保護猫カフェで保護してほしいのだ」

「は、はぁ。それは構いませんが」

保護猫カフェのコンセプトは『不遇な猫たちを可能な限り保護して、これからの時間を幸せで満たしてあげたい』という、前世の猫愛からくるものだ。

そのため、猫様の受け入れに関しては、受け入れスペースがないなどのよほどの事情がない限りはウェルカムだ。

「もちろん私も可能な限り保護猫カフェに出向き猫の面倒を見ようと思うが、時間に限りがある。それに、セリーヌ嬢もマクシムの配偶者としての教育があるだろうし、忙しいはずだ。そこで、アリス嬢」

クリス殿下はアリスちゃんの方を向いた。

いきなり話を振られたアリスちゃんはビクッと身体を強張らせる。

クリス殿下は一体アリスちゃんに何をさせようとしているのだろうか？

「アリス嬢の管理先が決まるまで、保護猫カフェで猫の面倒を見てくれないか。今までの行いを悔い改め、心を入れ替えるきっかけになると思うのだ」

え、えええ⁉

アリスちゃんが、保護猫カフェで猫の面倒を見る？

確かにここ最近、他に就職先が決まった子が辞めてしまったので、人手が欲しいなとは思っていたけど。

「それならアリス嬢が放課後野放しになる事態は避けられるし、セリーヌ嬢に対する償いもできるだろう？　アリス嬢の送迎用馬車については、私の保護した猫の世話をしてもらうという名目で出せば怪しむ者はいないはずだ。うむ、我ながらいい案だ！」

「僕は罰としては生ぬるいと思いますが……セリーヌ嬢はどうですか？」

「わ、私ですか⁉　ええっと、この前従業員の子が一人辞めてしまったので、人手があるのは助かりますが」

私たちの話を聞いたアリスちゃんが声を荒らげた。

「ちょっと、何勝手に決めてんのよ！　私はヒロインよ⁉　この世界に来てまで労働なんて嫌よ！」

「ほう？　私の提案が気に入らぬか。どうもそなたは自分の立場を理解していないようだが、私の一声でそなたを牢獄に入れることは容易《たやす》いのだぞ？　嫌なら私の意見に従え」

流石は俺様殿下。

有無を言わせぬ絶対的圧力でアリスちゃんの発言を一蹴した。

「う……」

何も言えなくなったアリスちゃんを見たクリス殿下は、満足げな様子で頷いた。

「では決まりだな。おっ、やっと姿を見せたな。よしよし、良い子だ。今からご飯の時間でちゅよ～」

草むらから姿を見せた猫に向かってキラキラスマイルを向けるクリス殿下。

って、クリス殿下無意識に赤ちゃん言葉が出ているよ！

いや、でも、気持ちは良く分かる。私もリュオに対して無意識に赤ちゃん言葉出ちゃうし、自分がお世話している猫様は我が子のように愛おしいよね！

そんなことを考えていると、グォォ～ッ！　とお腹が凄い音で鳴った。

うぎゃあ！　このタイミングでお腹が鳴るなんて恥ずかしい!!

隣にいたマクシム様はくすりと笑うと「話も一段落したことですし、昼食を食べましょう」と私の手を取った。

＊　＊　＊

ゴトゴトと揺れる馬車の中を、重苦しい沈黙が支配する。

俺様殿下からの罰により、私アリスは、現在保護猫カフェという場所で働くために、悪役令嬢とともに馬車に乗っている。

気分はまさに監獄に収容されようとしている囚人のようで、最悪だ。

（ヒロインが労働⁉　冗談じゃない！）

私はこれでも男爵令嬢。

使用人をたくさん雇えないから身の回りのことは自分でやってきたけど、労働とは無縁の世界に住んでいる。

（嫌よ、また前世のような生き方をするなんて！）

私は前世で、いわゆる社畜だった。

学のない私を雇ってくれた社長には感謝しているが、それこそ朝から晩まで働いても、残業代は雀の涙程度しか貰えなかった。

それでも、私の経歴では転職先など見つからないため、身を削り働いていた。だが、日々の疲れから車の運転中にうたた寝をしてしまい、気づいた時には目の前に電柱が迫っていた。

そして、目が覚めたらやり込んでいた乙女ゲームのヒロインに転生していた。

（絶対に労働なんてしたくない。でも、どうやって回避したらいいの？）

三日間考えたけど結論なんて出なかった。

はぁ、私はどうなるのだろう。

「アリス様には言っておきたいことがありますわ」

向かい側に座る悪役令嬢が、真剣な面持ちで私に話しかけてくる。

この一大事に話しかけてこないでよ！　うっざい!!

私の無言を承諾と捉えたのか、悪役令嬢はそのまま話を続けた。

「貴女には転入早々に忠告いたしましたが、婚約者のいる方に手出しするなんて、社交界では白い目で見られる行為です。何があったのか詳細まではわたくしも存じ上げませんが、今後は気持ちを入れ替えて、しっかりと反省してもらいますわ」

は、悪役令嬢が私に説教？

本当、ストーリーが変わりすぎてやってられないわ。

でもここで盾突くと悪い結果になるのは痛いほど知ったのでグッと堪えていると、馬車は建物の前に止まった。

ログハウス調の可愛らしい外観だけど、ここが例の保護猫カフェという施設？

馬車から降りて悪役令嬢と建物に入ると、すでに俺様殿下と鉄仮面公爵様とモブ令嬢がいた。

モブ令嬢は、私たちを見るとすぐにこちらへ寄ってきた。

「あ、ドロテア様にアリス様！　ようこそいらっしゃいました」

「セリーヌ様♡　それにクリス殿下、マクシム様、ご機嫌よう。アリス様を連れて参りましたわ」

「ドロテア嬢、ご苦労だった。ちょうど私の保護した猫の診察が終わったところなんだ」

「まぁ、そうだったのですね」

仲良さそうに会話をする俺様殿下と悪役令嬢。

本来ならこの二人は婚約破棄するはずなのに、全くその気配はない。

本当にストーリーが変わってしまったのね、と思っていると、モブ令嬢が私に話しかけてきた。

「あの、アリス様は今まで猫のお世話をしたことはありますか？」

「ないわ」

私は一度もペットを飼ったことはなく、動物のお世話をしたこと自体がない。

私は前世で施設育ちだったこともあり、ペットを飼える住環境ではなかった。

見る分にはいいけど、どう動物と接していいのか分からずに困ってしまうのよね。

「そうですか。うーん、ではまずは猫に慣れるところから始めましょう！　こちらのお部屋に保護猫たちがいるので、手を洗った後に来てください」

はぁ、猫の世話とかマジだるい。

ため息をつきながら手洗いを済ませて扉を開けると、そこにいた猫が一斉に私の方を見た。

（えっ？　な、何⁉）

何もしていないのに猫たちに見られて怖くなり、思わずその場で固まっていると、ワラワラと私の足元に猫が寄ってきた。

それを見ていたモブ令嬢は「うわぁ、凄い」と声を上げた。

「アリス様、猫に好かれる体質なのですか？　初対面でこんなにこの子たちに好かれる人を見るのは初めてです！」

「え」

いや、前世でもそんな体質聞いたことないわよ⁉

動揺する私を気にも留めず、モブ令嬢は興奮した様子で話し続けた。

「アリス様はきっとすぐにこのカフェに馴染めますよ！　まずはそこに座って猫ちゃんと戯れてみてください！」

戯れるってどういうこと？

何をどうしたら良いのか全然分からないわよ！

モブ令嬢のよく分からない指示に怒りを覚えつつも、とりあえずソファに移動する。すると、猫たちも大名行列のようにゾロゾロと私の後を追い、私が座ると膝の上に乗っかったり隣にくっついてきたりと、プチおしくらまんじゅう状態になった。

な、なんだかよく分からないけど、ここの猫たちに好かれているのは本当のようね。

(生き物って、こんなに温かいのね)

猫たちのくっつく場所からじんわりと温もりを感じていると、さっきまでのやさぐれていた心が少しずつ解れていくような気がした。

試しに膝の上にいる猫を触ってみると、モフモフした毛並みが気持ち良い。

しばらくそのまま触っていると、猫はゴロンとお腹を見せてきた。

「もっと触って」と言わんばかりのその仕草に、私の中から温かい何かが溢れ出てくるのを感じた。

(かっ、可愛い！　何この無防備な姿！　それにこのモフモフ感、ずっと触っていたくなるわ)

もう片方の手で他の猫たちも触ってみると気持ち良さそうに目を瞑《つむ》ったり、チョイチョイ私の手にちょっかいを出したり、それぞれ違った反応を示した。

ただ、どの子たちも私の手を嫌がることなく、ベッタリと側を離れない。

（この子たちは、皆捨て猫や野良猫だったんだよね。もしかして、親からの愛情が足りてなくてこうやってベッタリ甘えてくるのかしら）

私は産みの親には会ったことがない。親からの愛を知らないまま大人になった。

そのせいか、この子たちの境遇に、どこか自分を重ねてしまったのかもしれない。

（こんな私でも、この子たちに愛情を届けてあげられるかな）

すると、膝の上でお腹を見せていた猫は私の手をペロッと舐めて小さく「ニャア」と鳴いた。

「ふふ、くすぐったい」

ちょっとザラザラした舌の感触。じんわりと伝わるぬくもり。温かい何かで心が満たされていくのを感じる。

くすぐったいような、自然と笑顔になるような、そんな優しい感情。

ああ、これを「愛おしい」と言うのかしら。

そんな私たちの様子を外で見ていたのか、笑顔のモブ令嬢が中に入ってきた。

「すっかり馴染んじゃっていますね。でも今日は初日ですから、このくらいにしておきましょう」

モブ令嬢は猫に埋もれた私を救出するかのように手を差し伸べ、私を立ち上がらせる。すると、猫たちはまるで「行かないで」と抗議するかのように、ニャアニャア鳴きながら私の後ろをついてきた。

「あらあら、すっかりこの子たちに好かれちゃいましたね。みんな、アリス様は寮に帰らないといけないからまた明日ね」

扉が閉められてからも、猫たちは扉前でニャアニャア鳴いていた。

その様子を見て、心の中が痛むのと同時に、寂しさを感じた。

(もっと、一緒にいたかったな)

私は前世、心残りだったことがある。

それは、誰かと無償で愛し愛される関係を築くこと。

親のいなかった私が心から欲しいと願った関係だが、残念なことにその願いは成就することなく死んでしまった。

(……私、この子たちのママ代わりになりたい)

この子たちの可愛さで、心の奥底に眠っていた願望が湧き上がるのを感じる。

人ではないけど、ここでなら愛し愛される関係を築くことができるかもしれない。

よし、決めた。

私、この子たちのママになる!


私がそう決意を固めていた時。

悪役令嬢と俺様殿下の側で、二匹の猫が仲睦まじそうにしているのが見えた。

この猫たちも保護猫なのかな?

すると、その二匹も私の側に寄ってきてスリスリし始めた。

可愛いな、と思ってしゃがんでなでなでしていると、その光景を見た悪役令嬢と俺様殿下が驚いたように口を開いた。

「まぁ、アリス様は随分猫の扱いに慣れていらっしゃるのですね。わたくしのリリィがこんなに懐くなんて」

「私の保護した猫も随分懐いているな。アリス嬢も猫好きなようだし、これなら安心して世話をお願いできそうだ」

ああ、この二匹は保護者がいるのか。

よかったなあ、となでなでしていると、モブ令嬢が私たちに話しかけてきた。

「皆様、今日はお集まりいただきありがとうございました。見ての通り、アリス様は猫好きのようですし、この調子なら、今後は私や従業員たちだけでも対応できそうです。アリス様、今日はお疲れ様でした。また明日もよろしくお願いします」

今日はもう終わりなのか、残念だな。

そう思いながら、悪役令嬢とともに帰りの馬車に乗り込んだ。

その時、ふと悪役令嬢が抱えているキャリーケースが目に入った。

行きの馬車でも気になっていたけど、中には猫が入っていたのか。

そのキャリーケースをしばらく眺めていると、悪役令嬢が話しかけてきた。

「アリス様、わたくしは少し貴女を誤解していたのかもしれません」

「え？」

「今までの行動から、わたくしはアリス様のことを、自分中心で優しさの足りないお方なのかと思っていました。でも、今日の貴女を見ていて、それは間違いだと気づきましたわ」

確かに私は、誰かの気持ちより自分の方が大事で、何かを与えるという気持ちが乏しかったように思う。

しかし、先ほどの猫たちとの接触で、私の中にも「何かを与えたい」という気持ちがあることに気づいた。

「アリス様の、猫たちに好かれるお姿や猫たちへの眼差しを見ていると、本当は慈愛のある優しいお方なのだと思いました」

「ドロテア様」

「しかし、今日はまだ初日ですし、わたくしは完全に貴女を信用したわけではございません。これからも貴女の様子は監視させていただきますわ」

ふ、悪役令嬢らしい物言いね。

「ふん、どうぞご勝手に」

話はもう終わりかと思っていたら、悪役令嬢は先ほどより優しい表情で「ここからはリリィの保護者としてお願いがあります」と話を続けた。

今度は一体、何？

「実は、リリィがクリス殿下の保護猫と、貴女のことを気に入ってしまったようなのです。今後は、リリィを連れてわたくしも定期的に保護猫カフェに来る予定ですので、その時はぜひリリィと仲良くしてくれると嬉しいのですが……」

眉を下げ、悪役令嬢らしからぬしおらしい態度で私にお願いしてくる。

まぁ、猫は可愛かったし、お願いされたら断る理由なんてないけど。

「ええ、いいですよ」

すると悪役令嬢はパァッと笑顔になり「ありがとうございます！　リリィ、良かったわね！」とお礼を口にした。

乙女ゲームの中ではいつもヒロインに対して怒るか、嫌味を言うか、険しい表情しか見せなかった悪役令嬢。

でも、現実は違った。ヒロインに対して笑顔を向けるし、しおらしい態度でお願いもする。

（ドロテア様って結構可愛いところがあるのね）

ここまで色々違うと、なんだかゲームストーリーの物差しだけで見ていることが、視野が狭くて馬鹿馬鹿しいことのように感じてくるわ。

もっと、ちゃんと「人」として接してみなきゃ分かんないわね。

行きとは違った和やかな雰囲気の中、私たちは馬車に揺られながら、残りの時間を猫談義に花を咲かせた。

第八章　モフモフ愛でストーリーが変わりました

あれからすぐに、アリスちゃんは保護猫カフェで働くことになった。

来た当初はブスッとした顔をしていたアリスちゃんだったが、意外なことに猫に好かれる体質のようで、来て早々に保護猫たちがワラワラと寄ってくるという珍事件が起きた。

それからアリスちゃんの表情は一変して母性に満ち溢れた、ザ・ヒロインの様相にすっかり変わっていた。

私もこちらの世界の猫たちからやたら好かれる体質だったが、どうもアリスちゃんも同様の現象が起きているみたい。

異世界転生すると猫に好かれる仕様でもあるのだろうか？

「うふふ♡　みんなご飯でちゅよ〜♡」

語尾のハートマークを隠すことなく、赤ちゃん言葉でお世話をするアリスちゃん。

どうやら寄ってくる猫たちに母性を擽《くすぐ》られたようで、猫の魅力にすっかりメロメロになってしまったらしい。

翌日から私に言われずとも放課後は保護猫カフェに入り浸るようになり、今では誰よりも積極的に猫たちのお世話をしている。

「おお、私のアースはよく食べまちゅね〜♡」

校舎の裏庭にいた野良猫はクリス殿下に「アース」と命名された。

環境に馴染ませるためアース君はしばらく別室で飼う予定だったが、元々適応力のある子だったようで、来てすぐに保護猫カフェに馴染んでしまった。きっと俺様殿下に似て大物なのね。

アース君は元々飼い猫だったようで、去勢も済んでいて病気も見当たらなかったため、現在はすでに大部屋で他の子たちと寝食をともにしている。

「やれやれ、アリス嬢もクリス殿下も猫たちに夢中ですね」

「ふふ、良いことじゃないですか」

マクシム様は膝上で寛《くつろ》ぐ二匹の猫、レティちゃんとリュオを優雅に撫でながら一口お茶を飲んだ。

たったそれだけの光景がここまで絵になる人は世界中探してもこの人しかいないと思う。

そんなことを思いつつ、猫たちの微笑ましい様子を眺めていると、カランカランと扉が開く音がした。

「おっ、みんなもう来てるのか！」

「あら、本当。皆様もうお集まりでしたのね」

「あ、オリバー様にドロテア様！」

お出迎えのために入り口へ急ぐ。

彼らは私の知り合いのため、スタンバイしていた従業員の子を止めて、私が代わりに席まで案内した。

「今、お席にご案内しますね」

「うふふ、セリーヌ様はエスコートがスマートで素敵ですわ！　ね、リリィ」

「ニャア」

「あ、今日もリリィちゃんは一緒なのですね」

「ええ、わたくしだけ外出すると不機嫌になってしまうので一緒に連れて来ましたの。それにリリィとアースはとっても仲が良いので、連れて行かないと恨まれてしまいそうで」

「ふふ、確かにリリィちゃんとアース君は仲良しですよね。まるでドロテア様とクリス殿下みたいです」

「まぁ、セリーヌ様ったら。うふふ、お恥ずかしいですわ」

クリス殿下がアース君を保護猫カフェに連れてきた日、ドロテア様はクリス殿下に頼まれて、リリィちゃんとともにアリス様を保護猫カフェに連れてきてくれた。

そこでリリィちゃんがアース君に一目惚れをしたのか、アース君の後ろをベッタリとついて回っていた。

「おー、みんな良く食べているな！　今は食事の時間だったのか」

「オリバー様。ええ、そうなんですよ。ちょうどアリス様がお世話をしています」

オリバー様はクリス殿下から保護猫カフェに行った話を聞いたらしく、半月ほど前からここを訪れるようになった。

そして、現在は鍛錬が休みの日は、決まって保護猫カフェにやってくる。

「そうか。アリス嬢って転入当初は色々噂されていたけど、実際は動物好きの良い子だよなぁ」

確かに、転入当初は色々あった。

しかし、私がイベントフラグを折りまくり、さらにアリスちゃんと私の衝突事件により私たちが転生者であるとマクシム様たちに知られ、ストーリーが確実に変わってしまった今、アリスちゃんも攻略対象者に対して変にちょっかいを出すことはなくなった。

それに加えて放課後は保護猫カフェでボランティアをしているという噂が流れているらしく、クラスメイトのアリスちゃんに対する認識も変わってきている。

「なぁ、アリス嬢ってまだ婚約者いなかったよな？」

「へ？　はい、いないと思いますが」

「あー、良かった！　それ聞いて安心したよ。じゃ、俺も猫のところへ行ってくるわ」

ん？　安心したって何のこと？

オリバー様の後ろ姿を眺めながら首を傾げていると、隣にいたドロテア様がふふっと可愛く笑った。

「あらあら、何だか恋の予感がいたしますわね。うふふ」

「コイノヨカン？」

「ふふ、何でもないですわ」

何だ？　と首を傾げつつ、ドロテア様を席へ案内すると、従業員の子が注文を取りにやってきた。

あ、ついでなので最近出した新作を紹介しようかな。

「最近カフェで新メニューを出したんです。こちらのドリンクなんですけど、ラテアートといって上のミルクがムース状になっていて、そこに猫の絵を描いてご提供しているのです」

「まぁ、そうなんですの？　飲み物に絵だなんて凄いですわ！」

私の話を聞いたマクシム様が口を挟んだ。

「あのラテアートは確かに凄いですね」

「あら、マクシム様はもうお試しになったのですね」

「ええ、セリーヌ嬢は僕の婚約者ですから。彼女のことは僕が一番良く知っています」

「仲睦まじくて素敵ですわ。ですが、女性はあまり束縛しすぎると窮屈に感じるかもしれませんわね。そうよねぇ、リリィ♡」

「ニャー」

あ、あれ。なんだか二人の間で見えない火花が散っているような？

とりあえずドリンクを早めに出してもらおう。

従業員の子に頼むと、猫たちが過ごす部屋からクリス殿下が戻ってきた。

「はぁ、今日もアースが一番可愛かった。お、ドロテア嬢も来ていたんだな、今日もリリィは一緒か」

「クリス殿下、ご機嫌よう。ええ、リリィも連れてきておりますわ」

アース君を保護してから、クリス殿下とドロテア様の仲は更に良くなったようで、よく二人で猫談義をしていると聞く。

（あ、そうだ。リリィちゃんはアース君が好きだし、ちょうど二階の別室が空いているからそこで

二人と二匹を一緒にしてあげようかしら）

よし、ここは一つ、クリス殿下とドロテア様に提案してみよう。

「今日はリリィちゃんも来ているので、別室でアース君とリリィちゃんを一緒にして差し上げますか？」

「おお、そうか」

「ありがとうございます、セリーヌ様」

よし、そうと決まれば早速準備をしなきゃ。

「マクシム様、ちょっと席を外しますね」

私はマクシム様に一声かけて席を立つと、猫たちの過ごす部屋に行き、アース君を優しく抱き上げた。

ふふ、可愛い。それにモフモフの毛並みが気持ち良いなぁ。

「よしよし、今日はリリィちゃんが来ているから遊んでおいで」

アース君を抱いてクリス殿下たちのところへ戻ると、クリス殿下とドロテア様が何やらニヤニヤしている。

ん？　二人してどうしたのだろう？

「マクシム、頑張れよ」

「少々妬けますが、ぜひセリーヌ様を大切にしてあげてくださいませ」

え、いきなり何？

状況が飲み込めずにいると、リリィちゃんがアース君と遊びたいようで、ドロテア様の腕の中で動き出した。

おっと、早く二階へ案内しなきゃ。

ちなみに、お二人は二階へ何度かご案内しているため、別室が簡素で少々狭いことも承知のうえだ。

二階に上がり、アース君を部屋にそっと下ろしながらクリス殿下とドロテア様に声をかけた。

「では、後ほど飲み物とお茶菓子をお持ちしますね」

「ああ、頼むよ」

「ありがとうございます、セリーヌ様」

扉を閉めた後、従業員の子に指示を出した。

ふぅ、そろそろマクシム様の元に戻らないと。

「マクシム様、お待たせいたしました」

「ふふ、セリーヌ嬢はよく働くね。何事にも懸命な貴女の姿は素敵ですが、貴女はオーナーですしもっと従業員に現場を任せてもいいと思いますよ。彼らは貴族の対応もできますし、この場で経験を積むことで、今より給金の良い就職先にも転職しやすくなりますから」

う、確かにマクシム様の意見にも一理ある。

従業員には定期的に研修の場を設けて、高貴な身分の方が来店しても対応できるようにしているが、前世で働いていた経験があるせいか、反射的に身体が動いちゃうのよね。

「何もせずにいると落ち着かなくて、つい。今度からは気をつけます」

ああ、従業員たちの未来を考えずに行動するなんて、オーナー失格だぁ。

少し落ち込んでいると、マクシム様はふふっと笑いながら話を続けた。

「……と、もっともらしいことを言いましたが、本当はセリーヌ嬢との時間を彼らに取られるのが嫌だったのです」

「え」

マクシム様はレティちゃんとリュオをそっと膝から下ろすと、私の前にやってきて跪《ひざまず》いた。

「ここからは僕たち二人だけの時間だ。さ、セリーヌ嬢、僕とともに行きましょう」

「へ？　行くってどこへ？」

「実はセリーヌ嬢と行きたい場所があるのです」

ええ、今から行きたい場所って？

頭がハテナマークだらけの私を他所《よそ》に、マクシム様は立ち上がり、レティちゃんとリュオのリードを持ちながら私をエスコートする。

レティちゃん、リュオとともに馬車に乗り込むと、馬車は静かに動き出した。

マクシム様は行先も告げずに一体どこへ行くのだろうか？

「マクシム様、あの」

不安が顔に出ていたのか、マクシム様はそっと私の手を握りながら口を開いた。

「ふふ。そんなに不安がらないで、愛しいセリーヌ嬢」

端正な口元は優しくカーブを描き、冷たい印象さえ受けるクールな瞳は、甘さを宿した優しい目元へと様変わりしている。

美しさ、色気、優しさの詰まった笑顔を向けられ、私の心臓はドッコンドッコンと早鐘を打つ。

(むはぁっ！　この笑顔はヤバい!!)

鼻がツンとしてきたため思わず窓の外に視線を移すと、壮大な建物が見えてきた。

あれ？　あの建物は……

「王宮？」

思わずつぶやくとマクシム様は「そうです」とだけつぶやき、口を閉ざした。

どうやら着くまで何も教えてくれないようだ。

(王宮に何の用だろう？)

うーむ、となけなしの脳みそをフル回転させるも答えは出てこない。

そうこうしているうちに馬車は速度を落として、とある建物の前に止まった。

(むむ？　王宮から離れた場所に馬車が止まったぞ？)

この先には、確か王妃殿下が暮らす離宮があったはずだ。

マクシム様の意図がますます分からず混乱していると、マクシム様は先に降り、外に待機している従者に「一旦外に出るからその間レティとリュオを見ていてくれ」と話をしている。

そして「どうぞ」と私の手を取った。

(ええ～？　離宮になんて何の用事だろう？　しかもここたぶん裏口だよね？)

何が何だかよく分からないまま厳重な警備の門を潜ると、そのまま颯爽と歩き続けるマクシム様。

しばらく歩くと、小さな中庭とガゼボが見えてきた。

(あれ？　ここ、何となく見覚えが……？)

既視感で思わず足を止めると、マクシム様はそっと私の身体を引き寄せた。

「セリーヌ嬢、この場所に見覚えがありますか？」

「ええ。今ふとそのような気がして」

マクシム様は腰に回した手を解くと私の手を握り、そのまま中庭へと歩き出した。

え、勝手に入っちゃっていいのかな？

予想外の行動に若干焦る私を他所《よそ》に、グイグイと私の手を引っ張り先を行くマクシム様。

そしてガゼボの中までやってくると、クルリと私の方に向き直った。

「セリーヌ嬢、ここは僕たちが初めて出会った場所です」

え、初めて出会った場所って……もしかして!?

マクシム様の言葉を聞いた途端、ブワァッと脳内に幼少期の記憶が広がった。

女性ばかりのお茶会で緊張気味に座る男の子。

緊張からか、お茶をこぼして涙目になるその子の服をハンカチで懸命に擦る私の手。

そんな私を「可愛い」と褒めてくれた、あの言葉。

己の容姿に自信が持てなかったセリーヌの心を、ずっと支えてくれた魔法の言葉だ。

「あのお茶会の場所は、ここだったのですね」

そうか、ここだったのか。

あの頃はもっと広い場所だと思っていたけど、こんなに小さかったんだな。

自身の成長と時の流れを感じて、何ともいえない懐かしい気持ちになった。

「そうです。『僕たちの物語は、ここから始まりました』」

え、待って。

そのフレーズに聞き覚えがある。

『そして、僕はこれからも貴女との思い出を増やしたいと思っています』

すると、マクシム様は私の前で膝を折った。

ああああ!! こ、このシチュエーション見たことある!!

前世の時に乙女ゲームの予告で見た告白シーンだ!!

驚愕する私に向けて、マクシム様は懐から立派な箱を取り出すと、パカッとそれを開けた。

「内緒でセリーヌ嬢のために作りました。これからも貴女を守り、一生愛し抜くと誓います。どうか、僕の愛を受け取ってください」

うぉ!? 宝石が眩しい!!

こ、これは婚約指輪に続き、人生二度目のプロポーズ!?

この国では、恋人や婚約者に、自分や相手の目や髪の色のジュエリーを渡す風習がある。

婚約指輪はすでに貰っているけれど、今度はネックレスで、マクシム様の瞳と同じ緑色のでっかい宝石が付いていていた。

前世で喪女独走していた私が、まさか二度目のプロポーズを受けることになるなんて……！

感動しすぎてまばたきさえも忘れていると、マクシム様はふっと意地悪な目つきをした。

「それとも、この宝石じゃ物足りませんでしたか？」

あ！　これは、前回のプロポーズを覚えていてわざと言っているな⁉

「もう、マクシム様‼」

「ははは、すみません。貴女が固まってしまうから、つい意地悪をしたくなりました」

マクシム様は私にポカポカ殴られながら立ち上がると、ギュッと抱き締めてきた。

「で、返事は？」

ああ、もう。

マクシム様の全てが好きで、大好きで、この感情を抑えることなんてできない。

「……はい。私も愛しています、マクシム様」

マクシム様は私の言葉を聞くと、笑みを浮かべる。

そして、箱の中に収まっていたネックレスを手に取り、私の首に手を回す。

ズシッとした宝石の重みを感じていると、ネックレスを着け終わったマクシム様の手はするりと私の背中に回った。

「ああ、良く似合っているよ。これを付けていけば、社交界デビューの時に変に寄ってくる虫もいないでしょう」

社交界デビュー？

あ、そうか。この国では十六歳になるとそんなイベントがあるんだったわ。

今は十五歳だから、来年かぁ……

そんなことを思い出していると、マクシム様は再びギュッと私を抱き締めた。

（あ、マクシム様の香りがする）

イケメンは体臭までイケメンというのは本当で、マクシム様は凄く良い匂いがする。

その香りをもっと堪能したくなった私は、腕をマクシム様の背中に回してギュッとくっついた。

マクシム様自身の優しい香りと、中庭に咲き誇る花の香りに包まれていると、なんだか私も良い匂いになれそうな気がする。

そのまま香りを堪能していると、どこからともなく「ニャー」と猫の声が聞こえてきた。

え？　こんなところに、猫？

「あっリリィ！　シーよ、シー！」

「リリィ、シーだぞ、シー！」

え、この二つの声は⁉

マクシム様は、はぁ、とため息を吐くと、茂みの奥に向かって話しかけた。

「二人とも、影が見えていますよ。殿下、ドロテア嬢」

やっぱり、クリス殿下とドロテア様⁉

なな何故ここに⁉

マクシム様の胸をグイグイ押しながら離れると、奥の茂みからヒョッコリと二人と一匹が現れた。

「あら、見つかってしまいましたわ」

「取り込み中のところ邪魔したな。さ、続けてくれたまえ」

悪びれる素振りもなく、ニヤニヤとする二人。

うわぁぁぁ!?　見られていた!!

見られてると分かっていて続きをどうぞと言われても無理だからぁ!!

「二人とも、いつからそこにいたんです？」

「ああ、マクシムたちがガゼボに向かうところが見えた辺りからだな」

それ最初っからじゃないですか!?

ああ、羞恥心でこの場から走り去りたい……！

「いやぁ、急に中庭を使わせてほしいなんて言うから何かと思ったら、そこで愛の誓いを立てるとは。驚いたよ」

クリス殿下は私の方に向き直った。

ああもう、恥ずかしさで死ねる!!

羞恥心にプルプル震えている私に気づいていないのか、クリス殿下はそのまま話を続ける。

「あのマクシムが、随分と人らしい感情を抱くようになったものだ」

確かに出会った頃のマクシム様は、鉄仮面公爵と言われるだけあって無表情で、感情の起伏も少なかったように思う。

でも、一緒に過ごすうちに、無表情ではあるものの感情はちゃんとあることに気づいたし、何より以前に比べて表情が豊かになり、顔つきも穏やかになったような気がする。

「セリーヌ嬢、これからもマクシムのことを支えてやってくれ。よろしく頼む」

クリス殿下は私の手をガシッと掴み、握手をしてきた。

確か、マクシム様はクリス殿下やオリバー様と幼少期から交流があると言っていた。

きっとクリス殿下は友達として、マクシム様のことをずっと心配していたんだな。

「はい、もちろんです！」

クリス殿下の手を握り返した時、すっとマクシム様の手がクリス殿下の腕を掴んだ。

「殿下、セリーヌ嬢は僕の婚約者ですからそのくらいにしてください」

「はは！　あのマクシムが嫉妬か！　ああ、すまん、分かった、分かった」

クリス殿下はマクシム様を茶化すように、戯《おど》けた表情をしながら手を離した。

「卒業後、マクシムたちの結婚式が楽しみだな！　盛大にやってくれよ？」

「ふ、殿下こそ。結婚式楽しみにしていますよ？」

ああ、なんか男同士の友情っていいなぁ。

そんなことを考えていると、ドロテア様がにっこり笑いながら口を開いた。

「殿方同士で楽しそうですわね。では、わたくしたちも同性同士語り合いましょう♡」

「あ、はい！　では一旦保護猫カフェに戻りましょうか？」

「ドロテア嬢。セリーヌ嬢は僕の婚約者なのですから独占はダメですよ」

「まぁ、マクシム様。男の嫉妬は見苦しいですわよ？」

ドロテア様とマクシム様の間でバチバチ散る火花。

またこの二人は！　犬猿の仲なの⁉

「ちょ、二人とも落ち着いてください！」

その二人の様子にクリス殿下が声を上げて笑った。

いやいや、笑い事じゃないってば！

「ははは！　皆賑やかで良いことだな」

「ニャー」

離宮内に私たちの声が響き渡る。

ストーリーの破綻したこの世界で、私たちの未来がどうなるかは誰にも予想ができない。

しかし、どんな出来事が起きようとも、私は決してこの足を止めたりはしない。

マクシム様と。

猫たちと。

そして、みんなとともに。

私はこれからも、この愛しい世界で前を向いて生きて行く‼

番外編　ニャンタクロースと仲間たち

（もうすぐ十二月二十五日かぁ）

保護猫カフェのレジ横にあるカレンダーを眺めながら、ふとそんな思考が頭を過《よぎ》る。

この世界にも十二月二十五日に感謝祭というイベントがあるが、それは前世のクリスマスとは意味合いが異なる。

この国は一月から二月にかけて雪が降る。

そのため、積雪で移動がしづらくなる前の十二月中に、古くなった備蓄食料の整理や備品の調達など、冬支度をする。

十二月二十五日は冬支度の際に出た古い食材を使って食事を用意し、家族で食卓を囲みながら一年の収穫と労働に感謝する日とされている。

ちなみに十二月中に家のお手伝いをした子どもは、二十五日に神様からプレゼントが貰えるとされ、勤労を神様にアピールするために、掃除道具を玄関の隅に置いておくという風習もある。

（保護猫カフェを創設してもう一年か。去年はオープンして間もなかったから忙しくて、従業員にも孤児院の子たちにも何も用意できなかったしなぁ）

事前に仕入れた情報では、食事は毎年孤児院で二十五日用のメニューを用意しているそうだ。

（それならプレゼントを用意するのはどうかしら？　でも、ただ渡すだけだと事務的で味気ないよ

ねぇ）

その時、クリスマスシーズンのスーパーやコンビニで店員がサンタコスをしながらレジ打ちしていた前世の光景がふっと頭を過《よぎ》った。

（そうだ！　セリーヌだとバレないように、神様の格好をして子供たちにプレゼントを配るのはどうかしら？）

前世の私は、小学生までサンタがいることを本気で信じていた。

それは小さい頃、サンタを信じていた私の夢を壊さないように両親が配慮してくれたお陰だ。

まぁ、サンタがいないことを知った時はショックだったけど、時が経つにつれ親の気持ちに感謝したし、クリスマスの思い出は特別な記憶として今でも鮮明に覚えている。

（どうせなら、物だけでなく「思い出」も一緒にプレゼントしたいな。よし！　今年は神様の格好をして、孤児院と保護猫カフェにプレゼントを配りに行こう！）

「セリーヌ様、ぼんやりしてどうしたんですか？」

「あ、アリス様。ちょっと考え事をしていました」

「？　もう閉店時間なので、ドアの鍵閉めちゃいますね」

おっと、もうそんな時間か！

閉店の手伝いをしようと立ち上がった時、ヒラリと私のメモ書きが床に落ちた。

それをアリスちゃんが拾い上げた。

「セリーヌ様、何か落ちましたよ……ん？　サンタ？　コスチューム？」

「あばばば！　アリス様、シーッ！」

アリスちゃんは、はっはーん、という顔をして私に耳打ちしてきた。

「これってもしかして、前世のクリスマスイベントをやろうとしているとか？」

ぐはぁ！　早速計画がバレた!!

「うぐっ！　え、え～っと」

「うふふ。大丈夫、誰にも言わないわよ！　へぇ、コスチュームってことはコスイベね？　転生してからはコスプレやってないし、楽しそうね。私も参加した～い！」

アリスちゃんはノリノリで食いついてきた。

まぁ、一人より複数いた方が、プレゼントも配りやすくて助かるかも。

「ありがとうございます！　手伝ってくれると助かります。でも、コスプレをやっていないとは？」

「あ、前世はアマチュアのレイヤーだったの。ま、仕事が激務だったからたまにしかできなかったけど」

んな!?　アリスちゃんがコスプレイヤーだったとは！

「そ、そうだったのですね」

「まさかこっちでもコスイベをする機会があるなんて嬉しい♡　衣装は決まっているの？」

「いや、まだ何も。でも、私と分からないように神様に変装してプレゼントを配りたいと思っているのですが」

「なるほどねぇ。じゃ、良かったら私が用意するわ！　ふふ、前世の血が滾《たぎ》るわ～♡」

アリスちゃんはフンフン♪　と、鼻歌を歌いながら上機嫌で片付けを始めた。

（何だか勝手に決まっちゃったけど、大丈夫かな）

元コスプレイヤーなら、たぶん衣装製作もやったことがあるのだろう。

ま、下手に素人が手を出すよりも、ここは経験者に任せた方がいいかな。

（じゃあ、私はプレゼントを用意しよう）

二十五日まで、あまり日がない。

私はプレゼントの準備のことで頭がいっぱいになり、いつの間にかコスプレのことは頭から消え去っていた。

＊　＊　＊

（ふぅ、無事に間に合って良かった）

今日は二十五日、感謝祭当日。

大量のプレゼントが入った袋をバレないようにこっそりと保護猫カフェの倉庫に隠していると、後ろから「セリーヌさま～!!」と呼び止められた。

「もう！　どこ行ってたんですか、捜しましたよ～！」

びっくりして振り向くと、プリプリと頬を膨らませながら怒った様子のアリスちゃんが立っていた。

ヒロインなだけあって、怒った顔もめちゃくちゃ可愛い。

「ごめんなさい。今、プレゼントを隠していたんです」

「あ、そうだったんですね。じゃ、これから衣装チェンジしますよ〜！　うふふ♡」

アリスちゃんは何やら大きな荷物を抱えたままカフェの扉を開けると、二階の空き部屋へ私をグイグイ押し込んだ。

「ふぅ。さぁて、これから化けるわよ〜♡」

一体何が始まるのやらと思っていると、アリスちゃんは衣装と化粧道具を手際よく広げ始めた。

何だか本格的だな、と眺めているとアリスちゃんは「何突っ立ってるのよ！　あんまり時間がないから早く着替えて！」と指示を出してきた。

「は、はい！」

（一体どんな衣装なんだろうか……って、えええ！　これ!?）

私は神様に変装する予定だと確かに伝えたはずなのだが、目の前には赤地に白い縁取りがされている、前世で見覚えのある色合いの上下セットの衣装が用意されていた。

試しに着てみると、やっぱり。

前世で見たことのある、サンタクロース（女版）の衣装じゃないか！

「アリス様!?　これ完全に女サンタの格好じゃないですか!!」

「え？　サンタコスしたいって言っていませんでした？」

「違いますよ！　私は神様の格好をしたいと言ったんです！」

「そ、そうだったかしら？　まぁ、サンタも神様みたいなもんじゃない。細かいことは気にしな～い！」

サンタと神様は全くの別物だと思うんだけど⁉

指定したものと違う衣装に動揺する私を他所《よそ》に、アリスちゃんはメイク道具を持って私に迫ってきた。

「え、メイクするんですか⁉　いいですよ、衣装だけで」

「バカ！　コスはメイクからしっかりやらなきゃ衣装だけ浮いちゃうの！　素人は黙って顔貸しな！」

アリスちゃん、怖っ！

真顔で迫るアリスちゃんにすっかりビビった私は、されるがままになった。

しばらくすると「よし、完成！　立ち上がって鏡を見てー♡」と、満足そうにアリスちゃんが言った。

（一体どんな仕上がりになっているのだろうか）

鏡の前に立ち、己の姿を確認してみる。

「うお⁉　す、凄い！」

切れ長でキツめだった目元が柔らかくなり、全体的にふんわりした雰囲気に様変わりしていた。

「セリーヌ様はちょっとキツめの美人でしょう？　子供たちと接するなら少し柔らかい雰囲気を出した方がいいかなと思って、前世の整形メイクを取り入れてみたの」

「凄い！　私じゃないみたいです！」

「後は、仕上げにこれっ♡」

アリスちゃんは何かを私の頭に乗せた。

何だ？　と思って鏡を見ると……

「ネ、ネコミミ!?」

「ふふ、セリーヌ様と言えばやっぱり猫ちゃんでしょ？　メイクだけじゃ限界があるし、それを着ければパッと見セリーヌ様って分かりにくいじゃない♡　あ、私も同じの着けるから大丈夫よ♪」

アリスちゃんも手に持っていたネコミミを装着しながら「ニャンタクロースの完成♡」と猫ポーズを決めた。

「ちょっとアリス様!?　本当にこの格好でプレゼントを配る気ですか!?」

「そうよ。ほら、こんな場所でグダグダしているとプレゼント配る時間なくなるわよ？」

「で、でも」

「セリーヌ様めっちゃ可愛いから大丈夫だって！　ほら、私もお揃いだし♡　さぁ、行くわよー！」

（サンタコスはまだしも、ネコミミは恥ずかしいんですが!?　いやいやいや、そもそも異世界でサンタコスする時点でアウトでしょ！）

私の羞恥心などお構いなしに、アリスちゃんは勢い良く扉を開けて、私の腕を引きながらズンズン先を進んでいく。

そして従業員たちにバレないように裏口から出て、プレゼントの入った袋を渡してきた。

「アリスさま～、これはちょっと恥ずかしいですよ……」

「もう！　衣装着たいって提案したのはセリーヌ様でしょ!?　ここまで来たら変に恥ずかしがらずに役になりきらなきゃ余計恥ずかしくなるわよ!?」

た、確かに。

今から衣装チェンジするのは時間的に無理だし、すでにプレゼント配りを予定していた時間は過ぎている。

（ううう……！　ここまで来たらもう腹を括るしかないわね）

アリスちゃんに文句を言いたいのは山々だが、ここは気持ちを切り替えるしかなさそうだ。

（よ、よぉし！　ニャンタクロースに、私はなる！）

吹っ切れた私は、渡された袋を勢い良く肩に担いだ。

「よっしゃあ！　いざ、プレゼント配りの旅に行きますか！」

「そうそう、その調子♡」

アリスちゃんもプレゼントの入った袋を担いで私についてきた。

「アリス様、まずは孤児院の子たちにプレゼントを配りに行きましょう！」

「はぁい♡」

保護猫カフェの従業員より孤児院の子たちの方が圧倒的に人数が多くて時間がかかるため、先に孤児院からプレゼントを配る手筈にしている。

段取りを頭の中で描きつつ孤児院の扉前にやってくると、私はアリスちゃんにコソッと耳打ちをした。

「アリス様、セリフは覚えていますよね？」

「うん、バッチリよ♡」

「じゃあ、一緒に扉を開けますよ。せーの……！」

アリス様と勢い良く扉を開けると、広間に集まった子供たちが一斉にこちらを向いた。

「こんにちはー、神様です！　天からお手伝いを頑張っているみんなのことを見ていたよ！　そんな偉い子たちのために、今日はプレゼントを届けに来たよー！」

最初は状況が分からずにキョトンとしていた子どもたちだが、袋からプレゼントを取り出すと、わぁっ！　と歓喜の声を上げた。

「猫のお姉さんがプレゼント持ってきてくれたー!!」

「猫のお姉さんありがとう!!」

子どもたちは「神様」ではなく「猫のお姉さん」と認識したようだが、嬉しそうな姿にジンと胸の奥が熱くなるのを感じた。

ネコミミは恥ずかしいけど、やって良かった！

瞬く間に子どもたちに囲まれた私たちを見兼ねてか、院長さんが声を上げた。

「皆さん、神様が困っていますよ。まずは小さい子から順番に貰いましょうね」

「はーい!!」

子どもたちは院長さんに従い、順番に並び始めた。

「にゃんにゃんのねぇたん、くだちゃい」

（ぐはぁ！　か、可愛いっ!!）

小さい手をいっぱいに伸ばしておねだりする姿は悶絶級に可愛い。

（ああ、可愛すぎてこの手をハムハムしたい！　っていかんいかん、私は神様よ！　正気を保たねば！）

「はい、どうぞ」

「ありがと！」

子どもたちの可愛さにメロメロになりながら、一人ずつプレゼントを渡して行く。

そうしてアリスちゃんと二人で全ての子にプレゼントを配り、協力してくれた院長さんにお礼を行って孤児院を後にした。

（みんな素直で可愛かったなぁ）

子どもたちに思い出をプレゼントするつもりだったのに、逆に貰ってしまったようだ。

ほっこりと温かい気持ちに満たされていると、隣にいたアリスちゃんがポツリとつぶやいた。

「プレゼントってずっと貰うものだと思っていたけど、あげる側にも喜びがあるのね」

「アリス様」

「セリーヌ様の側にいると、良い意味で前世の価値観をぶっ壊してもらえるわね。ふふふっ」

「？？？？」

良く分からないが、褒められているのだろうか？

首を傾げながら歩き、保護猫カフェまでやってきた。

今日は時短営業でもうすぐ閉店時間のため、お客様もいなくなる頃だろう。

「アリス様、一緒に扉を開けますよ。せーの……！」

扉を勢い良く開けると、あれ？　まだ奥の席にお客様が？

いや、ちょっと待てよ。

遠目にも分かる超絶美形の男性と、ガタイの良い精悍な顔立ちの男性は……！

「あれぇ？　オリバー様とマクシム様じゃない」

ややややっぱりぃぃぃぃ!?

「セリーヌ様、院長さん以外にはイベントのこと話さないでって言っていたのに、二人には話していたんですか？」

「言ってない、言ってない！」

マクシム様に神様のコスプレの話をすると「セリーヌ嬢の特別な姿は誰にも見せたくない」とか言い出しそうだったので、イベントのことは隠していた。

なのに、何故ここに!?

「そうなんですか？　あ、それより、セリーヌ様。セリフ言わなくて良いんですか？」

ハッ！　そうだった!!

「え、え〜っと……。み、皆様こんにちは、神様です！」

私たちの姿を見た従業員はキョトンとした様子で声をかけてきた。

「セリーヌ様とアリス様……ですよね？　どうしました？」

ぐ、やはりこちらは孤児院と違い年齢層が高いので、子供騙しは通じないようだ。

あっという間に正体がバレてしまい、戸惑った様子でザワザワとする従業員たち。

（いかん、みんな動揺している。いや、ここで怯んだら余計恥ずかしくなるわ。私は神様、私は神様！）

怯む気持ちに活を入れつつ、私は神様役を演じ切ることにした。

「今日は一年の労働に感謝を込めて皆様にプレゼントを持ってきました〜！」

袋を下ろして中からプレゼントを取り出す。

私たちの行動の趣旨を理解したのか、従業員たちがワッと歓喜の声を上げた。

「セリーヌ様、アリス様、ありがとうございます」

「セリーヌとアリスではない！　我々は神様です」

「は、はい。猫の耳を着けた神様、ありがとうございます……ぷっくく」

まるでコントみたいなやり取りに耐えきれなくなったのか、従業員の一人が噴き出した。

そこからドッと従業員たちが笑い出し「猫の神様、ありがとうございます」とプレゼントを貰いに来てくれた。

一通りプレゼントを配り終えたが、多めに用意していたためまだ余っている。

「セリーヌ様、プレゼントがまだ余っているので、オリバー様とマクシム様にも渡してみたらどうですか？」

「えっ⁉　あ、あの二人はちょっと」

チラッと二人を見る。

マクシム様は紅茶のカップを置くのも忘れてずっと固まっており、オリバー様は真っ赤な顔を片手で覆いながら「猫の耳……いい。凄く良い」とブツブツつぶやいている。

「せっかくだし、アリス特製のニャンタクロースを間近で見てもらいましょうよ！　オリバー様、マクシム様～！」

あああああ⁉　ちょっと待って、心の準備がぁぁ‼

アリスちゃんに引き摺られるように半ば強引に連行される。

(色んな意味で反応が怖いよぉぉ！)

マクシム様の前に立てずにアリスちゃんの背後に隠れたまま俯いていると、空気を読まないアリスちゃんが、ズイッと私をマクシム様の前に押しやった。

「今日はサンタ……いや、猫神様が皆様にプレゼントを届けていまーす♪　にゃー♡」

「アアアアリス様⁉」

「アリスじゃなくって、か・み・さ・ま、でしょ？　二人にもプレゼントを届けに来ました♪　はい、オリバー様どうぞ♡」

アリスちゃんがオリバー様にプレゼントを渡すと、オリバー様は真っ赤な顔でガシッとアリスちゃんの手を掴んだ。

「きゃっ！　オ、オリバー様？」

「アリス嬢、良く似合っている！　プレゼント配りが終わったのなら、こちらに来てその姿をもっと良く見せてくれないか？」

「ええっ、でもぉ」

「俺にはこの衣装を身に着けたアリス嬢の姿の方がプレゼントに見える。さ、こっちに来てくれ！」

どうやらオリバー様はアリスちゃんの可愛いニャンタクロース姿にメロメロのようだ。

そのままアリスちゃんがオリバー様に連行されていくところを見ていると、スッと目の前に黒い影ができる。

恐る恐る顔を上げると、無表情のマクシム様が立っていた。

でも、よく見ると目元が少し赤い気がする。

「セリーヌ嬢も、僕と一緒に行きましょう」

「で、でも」

「貴女のそんな愛らしい姿を他の者に見せたくない」

「あっ」

私の腰を強引に引き寄せるマクシム様。ああ、これはもしかして怒っている⁉

どう言い訳をしようかと内心あたふたしていると、マクシム様は私を連れて馬車に乗り込み、ふぅとため息を吐いた。

「あ、あの……マクシム様？　うわっ」

強めに腕を引かれて、ポスッと胸に倒れ込んだ私をギュッと抱き締めるマクシム様。

「セリーヌ嬢、その服装は反則です。……可愛すぎる」

ひゃぁぁぁ!!　いきなり抱擁ですか!?

怒ってはいなそうで良かったけど、心の準備が!!

「この衣装の発案者は誰ですか？」

「へ!?　え、えーっと、アリス様です」

「……あの令嬢、意外にいい仕事をしますね」

「？」

マクシム様の返しの意図を汲み取れずにいると、マクシム様は私の着けているネコミミにそっと口付けながら話を続けた。

「この猫の耳も、良く似合っています。だけど」

「うひゃあっ」

マクシム様はクイッと私の顎を持ち上げると瞳を覗き込んできた。

宝石のように美しい緑色に私の姿が映る。

（ぎゃぁぁ！　距離が近すぎる〜!!）

超絶美形に顎クイされて至近距離で見つめられるとか、乙女ゲームなら萌えまくりだけど、現実でやられると恥ずかしすぎる!!

羞恥心で顔に血が集まり、急激に頬が熱くなるのを感じる。

「その可愛い姿は僕だけのものです」

「ははははい！」

「約束ですよ。そうだ、来年の感謝祭もその衣装を着て、僕とともに過ごしてください」

「はい！　……え？」

し、しまった！　パニック状態だったからつい流れで返事をしてしまった!!

マクシム様はニヤッと意地悪な笑みを浮かべた。

うぐっ！　その顔もカッコいいな、ちくしょおっ！

「今年のプレゼントは、しっかりと目に焼きつけておきます」

「マクシム様！　あの！」

「おや、神様は婚約者にはプレゼントをくれないのですか？」

「え！　プレゼントはありますよ、ってあれ!?」

ない、ない、ない！

あちゃー、さっきのどさくさでプレゼント袋を保護猫カフェに置いてきちゃった！

「えーっと、その、プレゼントは」

「ふふ、僕にとっては貴女のその姿がプレゼントです。来年も楽しみにしていますね」

あれ？　もしかして、私は知らぬ間にマクシム様の策略に嵌《はま》っている!?

そうだ、保護猫カフェに行くことはマクシム様に隠していたのに、何故ここにいるのかも気になる。

ここは小っ恥ずかしい流れをぶった斬るために質問をしてみよう。

「マ、マクシム様！　今日は何故保護猫カフェにいらしたのですか⁉」

「ああ。セリーヌ嬢とアリス嬢が何だかソワソワしていたので、アリス嬢を心配していたオリバーとともに貴女たちの後を追ったのです。ですが、二人がすぐ保護猫カフェの裏口へ移動してしまったので、従業員たちにお願いして待たせてもらっていたのです」

んなっ⁉　尾行されていた⁉

ってことは、私が隠し事をしていたのもバレている⁉

「セリーヌ嬢、婚約者の僕に隠し事をするなんていけない子ですね。これは反省が必要かな」

「ええっ⁉　そ、それは」

「ふふ、冗談ですよ。今日は可愛らしい姿を拝めたので良しとします。それより、セリーヌ嬢に見せたいものがあるんです」

ほっ、なんとかお仕置きは免れた。

でも、私に見せたいものとは何だろう？

徐々に速度を落とす馬車の窓から見えた景色は草木ばかりで、何があるのか全く想像ができない。

馬車は何もない場所にゆっくりと止まり、マクシム様のエスコートで馬車から降りた。

そこは草木が茂り、どこか雑然とした場所だった。

「ここは？」

「奥に行けば分かります、こちらへ」

こんな場所に一体何があるのだろう？

首を傾げつつサクサクと落ち葉を踏みながら歩いていくと、ポッカリと空いた空間に辿り着いた。

一歩足を踏み入れると、キラキラとした何かがフワリと空中を舞う。

先ほどは何もないように見えたそこは、まるで流星群の中に入り込んだようなキラキラ光る幻想的な空間に様変わりした。

(うわぁ！　辺り一面がキラキラしていて、まるで私まで星になったような気分)

初めて見る景色に興奮しながらマクシム様に話しかけた。

「凄い！　凄い！　キラキラしていて綺麗です!!」

「ここは数少ないスノーティンクルの群生地なのです」

スノーティンクルとは、冬になると現れる小さい羽虫だ。

身体も羽もキラキラ輝くこの虫は、この世界独自の存在である。

「実は先日偶然この場を見つけて、貴女に見せてあげたいと思っていました」

「そうだったのですね！　凄く綺麗です！」

「大切な貴女には、物だけじゃなく『思い出』もプレゼントしようと思いまして」

それは、先日私が孤児院や従業員の子たちに思っていたのと一緒のことだった。

マクシム様と私の考えがシンクロしていたことを知り、嬉しいような恥ずかしいような、何だか甘い感情が心に広がっていく。

「そっか……えへへ、嬉しい！　ありがとうございます」

何となく気恥ずかしくて照れ笑いを浮かべていると、マクシム様はそっと私を抱き寄せた。

「喜んでもらえたようで良かったです。セリーヌ嬢、僕はこれからもたくさんの思い出を貴女にプレゼントすると誓います」

まるでプロポーズのように甘いマクシム様の言葉に、自然と頬が熱を帯びるのを感じる。

頬が赤くなっていることを悟られぬよう、マクシム様の胸に顔を埋めつつ、私はマクシム様に負けじと伝えた。

だってさ、幸せは貰ってばかりよりもシェアしたいじゃない。

大切な人なら、なおさらだ。

「じゃ、じゃあ、私もマクシム様にたくさん思い出をプレゼントします！」

「ふふっ、ありがとうございます」

マクシム様の腕に力がこもる。

先ほどより強く抱き締められ、二人の隙間はぴったりと合わさりなくなった。

「セリーヌ嬢、これからもよろしくお願いします」

「はい！　よろしくお願いします、マクシム様」

マクシム様に負けじと私も回した腕に力を込めれば、マクシム様の心音と体温が服越しにじんわりと伝わってきた。

恥ずかしいしドキドキするけど、どこか心地が良い。

その心地良さに身を委ねていると、まるで私たちを祝福するかのようにスノーティンクルたちは再びフワッと宙を舞い、キラキラと煌めく輝きで私たちを包み込んだ。

番外編　脳筋騎士様×ヒロイン
～恋のスパイスは猫風味～

カーン！　カーン！

授業終了のチャイムが学園内に響く。

（よーし、今日も私の愛し子たちに会えるわ♡）

はやる気持ちを抑えつつ、急いで机の上を片す。

俺様殿下から罰として科された保護猫カフェでの労働は、あっという間に私の日常へと溶け込んでいった。

そして、保護猫カフェで働くことになって決心した「猫たちのママ代わりになる」という気持ちは今でも変わっていない。

保護猫カフェの猫たちは、今の私からしたら我が子同然であり、あんなに可愛い子たちから一分一秒も離れたくないのが本音。

とはいえ、今は学生の身分のため、本分である学業を疎かにするわけにもいかない。

だって、うちは男爵家で潤沢な資金があるわけではないし、万が一留年などしてしまったら学費を打ち切られる可能性だってあるから。

最初は、「乙女ゲームの世界だし授業なんてやってられないわ」なんて思っていたけど、この世界は乙女ゲームの世界ではありつつも、しっかり現実の世界。

その事実に周囲の人や猫たちを通して気づかされた私は、この世界をまるっと受け入れることにしたの。

そうして、今では周囲の意見に耳を傾けるようになったし、もちろん授業も真面目に受けている。

「あ、アリス様！」

元気良く話しかけてきたのはセリーヌ様。

乙女ゲームの世界では悪役令嬢の取り巻きのモブ令嬢だったけど、色々あって今じゃすっかり「以前から友達だったのでは？」と錯覚するくらい仲の良い存在だ。

ちょっと鈍くて抜けているところのある彼女だけど、同じ転生者で、元乙女ゲーマーで、しかも猫好きなところが私と気が合うポイントだったりする。

「あら、セリーヌ様。ちょうど良かった、私もセリーヌ様に声をかけようと思っていたところよ」

「へへっ、早く猫様に会いたくて。さて、保護猫カフェに行きましょう！」

「セリーヌ嬢、待ってください」

セリーヌ様の背後から声をかけてきたのは、モデルや芸能人すら霞むような美貌の青年。攻略対象者であるマクシム様だ。

「貴女たちだけで何かあっては心配なので、お送りします」

「ええ？　マクシム様、今月はずっと保護猫カフェに同行しているじゃないですか。それに今日は王宮に用事があるとおっしゃっていたのに」

「クリス殿下との用事は後回しでもいいですし、貴女たちを送り届けた後でも充分間に合います。

それよりもセリーヌ嬢、貴女と離れることの方が僕にとっては何十倍も問題だ」

「ひゃっ。ママママ、マクシム様!?」

マクシム様はセリーヌ様を背後から抱き締めるとそっと髪に口付けを落とす。

あーあ、始まったわ、マクシム様とセリーヌ様のラブラブタイムが。

ヒロインの私を差し置いて見せつけてくれちゃって、全くこのバカップルは。

二人のイチャイチャに付き合っていたら何時になるか分からないから、私だけ先に行こうかしら。

「セリーヌ様、じゃ、お先に～♡」

「あっ、アリス様!?　待って！」

背後で助けを求めるセリーヌ様を放置してさっさと教室を後にする。

そのまま廊下に出て校門前まで来ると、赤髪の大柄な生徒が馬車の前に立っていた。

「あれ？　オリバー様」

「やぁ、アリス嬢。これから保護猫カフェに行くのだろう？　令嬢一人じゃ危ないから俺も同行するよ」

オリバー様は私が働き出してから、鍛錬の合間を縫っては保護猫カフェに入り浸る常連さんだ。

馬車には王宮からの護衛もつくし、保護猫カフェまでの道のりで危ない場所はないのだけど。マクシム様といい、オリバー様といい、この世界の攻略対象者ってのはみんな心配性を標準装備しているのかしら。

というか、オリバー様の初期設定の性格って、もっとこう、硬派でとっつきにくい感じだったと思うのだけど。

「ありがとうございます」

お礼を言いつつオリバー様に笑顔を向けると、少し顔を赤らめながら私を馬車までエスコートしてくれる。

ふふ、こんなに大柄で、ぱっと見は屈強な騎士様なのに、笑顔を向けただけで赤くなるなんてちょっと可愛いかも。やだ、私までドキドキしちゃうじゃない。

変な考えを頭から追い払いつつ、馬車に乗り込む。

車窓を眺めながら猫たちのことを考えていると、オリバー様が話しかけてきた。

「アリス嬢は、その。猫が好きだと思ったのはいつからなのだ」

「んん、そうですねぇ。保護猫カフェに行ってからでしょうか」

罰として保護猫カフェで働くことにならなければ、猫たちの愛らしさに気づくことなく日々を過ごすところだったのよね。

「そうなのか。アリス嬢は猫と接する時、慈愛に満ちているから、俺はてっきり以前から猫が好きなのかと思っていたよ」

「ふふ、そうでしょうか」

この世界に転生して、セリーヌ様に出会ってから私の価値観は大きく変わった。

思えば、全てのきっかけはセリーヌ様だったわね。

彼女って、周りを巻き込んでみんなを変えて行ってしまう、台風のような人よね。

それに、この世界でのこれまでの出来事って私の中ではどれも重要なターニングポイントだし、不思議な縁だと思う。

私、この世界に転生して良かった。

転生前の人生で辛いことが多かった分、この世界の穏やかな生活が幸せだと改めて実感するわ。

そんなことを思いながら再び窓の外に目をやると、保護猫カフェが見えてきた。

「ああ、もうすぐ着くのか。俺としては……もう少しアリス嬢と二人きりで話したかったのだが」

「オリバー様、アリス様、到着いたしました」

オリバー様の声に重なるように、外から御者が話しかけてきた。

「え？　ごめんなさい、オリバー様のお声が聞き取れなくて」

「いや、何でもない」

オリバー様は少し赤くなっている顔を片手で覆いつつ、先に馬車から降りて私をエスコートしてくれる。

咄嗟《とっさ》にこういうスマートな対応ができるのは、貴族教育が徹底されている証拠だろう。

オリバー様の育ちの良さを感じつつ保護猫カフェへ入ると、早速猫たちの鳴き声が聞こえてきた。

ああっ、私の愛し子たちは今日も元気にしているかしら。

オリバー様から一旦離れ、手を洗い、エプロンをして猫の生活スペースの扉を開けると、すぐに猫たちが私の足元にやってきた。

「みんな、会いたかったぁ♡」

側にいる猫からナデナデしていく。

温かいモフモフの毛並みを指先で感じていると、心の奥にじんわりと灯がともるような優しい気持ちが溢れてくる。

ああ、なんて幸せな時間なのかしら。

ひとしきり猫たちを愛でてから、部屋の清掃と食事の準備をする。

用意した食事を持ってくると、オリバー様がおもちゃで猫と遊んでいた。

「これはどうだ⁉」

「にゃにゃにゃっ‼」

「ははは、お前は動体視力がいいな‼　前衛に向いているぞ」

「にゃにゃにゃにゃにゃっ‼」

ふふ、何だか楽しそう。

オリバー様が動物好きという話は本人に聞いており、実際に猫たちのお世話も率先してやってくれる。

私が大切に想っている存在を受け入れて愛してくれる、そんな器の大きさをオリバー様から感じると不思議と胸がキュンとする。

ん？　キュン？

あれ？　私、もしかして……？

いやいや、きっと猫好き男子ってところに共感しているだけだわ。

頭をブンブンと振って思考を追い出していると、足元にフワフワしたものが触れる。

はっと我に返り下を見れば、猫が足元にスリスリと擦り寄ってきている。

そうだった、まだ猫たちにご飯をあげていなかったわ！

急いで先ほど準備したご飯をセットすると、猫たちが集まってきた。

「みんな、遅くなっちゃってごめんね。ご飯の時間よ」

私の持ってきたご飯を美味しそうに食べる猫たち。

ふふ、なんて可愛いのかしら。

一生懸命食べる姿を微笑ましく眺めていると、オリバー様が話しかけてきた。

「アリス嬢、先ほどから猫たちの世話で動きっぱなしで疲れているだろう。片付けは俺がやっておくから、少し座って猫たちとゆっくり遊んでやってくれないか」

「え？　でも」

「アリス嬢の献身は美徳だが、たまには自分を労わってやってもいいと思うぞ。ほら、こっちに座って」

オリバー様に半ば強引に引き寄せられ近くの椅子に座ると、食事を終えた子たちが私の元へやってきた。

「こいつらも、愛情を持って献身的に世話してくれている人が誰なのか分かっているのだろう。アリス嬢の愛を一身に受ける猫たちが羨ましい。……さて、俺は食べ終わった皿を片付けてくる」

オリバー様はそう言い残すと猫たちの食事スペースに移動する。

羨ましいって、どういう意味だろう。

「ニャ?」

猫の声で我に返ると、不思議そうな様子で首を傾げて私を見つめている。

ずきゅううううん!!

な、なんて可愛い仕草なの!?

「ニャ??」

「はうっ」

不意打ちの胸キュンに思わず漏れた声が不思議だったのか、近くにいた猫まで首を傾げている。

んあああああ!! ダメ、可愛すぎる!!

「きゃわいいいっ♡ もう、みんな大好き♡」

思いっきり抱き締めたい衝動を抑えつつ、優しく猫の身体に触れると、ゴロンとお腹を見せて「もっと撫でろ」と催促してくる。

「うふふ、甘えん坊でちゅね♡ よちよち♡」

思う存分猫たちをナデナデしていると、外が何やら騒がしい。

誰か来たのかしら?

すると、ガチャッと扉を開ける音とともに、セリーヌ様が姿を現した。

「すみません、思ったより遅れてしまいました」

「セリーヌ様」

あら、てっきりマクシム様とのイチャイチャでもっと遅れてくるかと思っていたけど、思ったよりも早かったわね。

「猫様たちは今日も元気そうですね」

「ふふ、みんな可愛くてとっても元気よ♡」

私の言葉に賛同するようにセリーヌ様は深く頷く。

「猫様の可愛さは世界一ですからね!! あ、そうそう。アリス様にお話があるのですが、ちょっとだけ二階に来てもらってもいいですか」

いつもなら猫にメロメロのセリーヌ様だけど、今日はちょっと様子が違うみたい。

「ええ、大丈夫よ。何かしら」

二階は普段は開放されていない場所なだけに、何か深刻な話でもあるのかと思わず考えてしまう。

気を引き締めてセリーヌ様の後に続くと、奥の部屋に案内される。

「すみません、猫様との触れ合いの時間を邪魔してしまって」

「いいえ、大丈夫よ。それより話って何かしら」

「実は、先日、孤児院の院長からお話があって、近々孤児院でバザーイベントを開催するそうなのです。地域交流を図る上でも必要なことですし、孤児たちにもいい刺激になるので、毎年行われています。それで、今年は趣向を変えて保護猫カフェと合同で行いたいと院長さんから提案がありまして」

「ふーん、そうなの」

孤児院の運営のことは正直よく分からないけど、イベントを行うことの重要性は何となく理解できるし、どうせやるならイベントを盛り上げたい気持ちも分かるわ。

「私としては、保護猫カフェの存在を広く認知させ、不幸な猫たちを少しでも救う手立てにしたいと考えています。なので、今回は猫の負担を考えて、人数と時間に制限を設けたうえで、バザーイベントに合わせて保護猫カフェを開放しようと思っています」

「んーー。猫ちゃんに負担がかからない方法でここを開放するなら私も賛成よ」

私の意見を聞いて、どこかほっとした様子のセリーヌ様はうんうんと頷く。

「アリス様が同意見で良かったです。従業員にも話して、賛同を得られるようなら院長さんにお返事したいと思います」

「そうね、皆猫好きな子ばかりだし、広く意見を聞いてよりベストな方法でイベントを開催するのが良いと思うわ」

セリーヌ様は笑顔で頷くと、椅子から立ち上がり「皆にも話をしてきます！　アリス様お時間いただきありがとうございます!!」と軽く一礼して出て行った。

一週間が経ち、イベント当日を迎えた。

あの後、従業員たちからの賛成も得られ、孤児院のバザーイベントに合わせて保護猫カフェを開放する準備が進められた。

イベントを開催するなら、来客に楽しんでもらいたいし、盛り上げていきたい。

そう思った私は、前世のコスプレで培った裁縫技術を活用して、従業員用にネコミミカチューシャを作製し、余った生地でのぼり旗を作った。

え？　何でネコミミカチューシャなのかって？

それは、従業員の子のモチベを上げるためと、来客を目から楽しませるためよ。

……と言いたいところだけど、本当はニャンタクロースイベントの時に、オリバー様が耳まで真っ赤にして「可愛い」「よく似合っている」とネコミミを着けた私のことをたくさん褒めてくれたから。

顔が真っ赤で可愛い♡　なんて油断していたら、あの時、オリバー様は私の頭を優しく撫でながら、ふっと微笑んだの。

優しい表情だけど、それとは対照的な熱を帯びた力強い眼差しで、射貫くように見つめるオリバー様。

あの瞳で至近距離から見つめられると、その熱が伝わるようで……

その日を境に、オリバー様にキュンとする瞬間があるのだけど、まだ、この気持ちが何なのかは私自身も良く分かっていない。

でも、またオリバー様に褒めてもらいたい。彼に「可愛い」って思われたい。

そう思った時には勝手に身体が動いていて、気づいた時にはあの時と同じようなネコミミカチューシャを作製していた。

イベント当日のサプライズとして黙っていようと思っていたのだけど、イベント前日に荷物を搬入する際にネコミミカチューシャのことが運悪くマクシム様にバレてしまった。

セリーヌ様を溺愛しまくりのマクシム様のことだから悪い予感はしたのだけど、案の定「こんな可愛いものをセリーヌ嬢が身に着けたら悪い虫が寄ってくる」と言い放ち、セリーヌ様用のネコミミカチューシャだけ没収されてしまった。

そんなこともあり、残念ながら今回セリーヌ様はネコミミカチューシャなしでイベントに参戦することになったのだけど——

コンコンと扉を叩く音が聞こえてはっと我に返る。

「アリス様、準備は整いました？」

急いで扉を開けると、エプロン姿のセリーヌ様が立っていた。

「ごめんなさい、支度に時間がかかっちゃって」

「いえいえ、こちらこそ急かしてしまってすみません。これから皆でカフェ内の飾り付けと品出しをするので、アリス様も手伝ってくれますか？」

「ええ、もちろんよ♡」

鏡でネコミミカチューシャが曲がっていないかもう一度確認して、急いで一階に下りる。従業員たちもネコミミカチューシャを身に着け、事前に準備していた飾りをテーブルに広げているところだった。

「私は何からやれば良いかしら」

側にいるセリーヌ様に話しかけると、セリーヌ様は少し考えて「外にのぼりの設置をお願いしても良いですか？　終わったらみんなと一緒に飾り付けをお願いします」と指示を出した。

「はぁい、任せて♡」

テーブルにあるのぼりを手にすると、扉を開けて外に出る。

まだ寒さの残る時期だが、外はカラッとした陽気で、雲一つない晴天が広がる。

うーん、日差しが暖かくて気持ちいいわ。

絶好のイベント日和に思わず鼻歌交じりでのぼりを設置していると、何やら背後で物音が聞こえてきた。

あれ、もう来客かしら？　まだ開催時間ではないはずだけど。

「すみません、まだ準備中で……あ」

振り向くと、見覚えのある、大柄で燃えるような赤い髪の青年が立っていた。

「オリバー様？　今日はどうなさいました？」

オリバー様は私を見るや否や、視線を私から外し、片手で顔半分を押さえている。

「今日はイベント当日で人手が必要だと思って手伝いに来たのだが。その、アリス嬢はまたネコミミを着けているのか」

良く見ると目元がほんのり赤いオリバー様。

ふふふ、可愛い♡　オリバー様のこの表情が見たかったの♡

「はい♡　保護猫カフェ内のイベントなので、従業員はネコミミを付けているんです♡　あ、セリーヌ様だけはマクシム様からNGが出て着けていませんが」

「ああ……そうだろうな」

オリバー様は私に近寄ると、近くにあった壁に手をついて、急激に距離を縮めてくる。

わわっ、急に距離が近くなるとドキドキする!!

「アリス嬢、その……ネコミミ姿はできれば他の奴に見せたくない。マクシムが禁止した理由が今の俺にはよく分かる」

きゃあああ!! いきなり壁ドン!?

流石は乙女ゲームが土台の世界、こんなところで胸キュンイベントが発生するなんて!!

「オ、オリバー様!? あの」

「俺は君の婚約者でもなければ恋人でもない。今は、君に恋情を抱くただの男にすぎない。だから、これは俺のわがままなのは理解しているが、それでも……君がそんな可愛い姿で他の男の前に出るのは嫌なんだ」

えええええ!! ちょっと待って、これってまさか告白イベント!?

ど、どうしよう、何て答えたらいいの!?

動揺から黙り込む私の態度を拒絶と捉えたのか、オリバー様はスッと身を離した。

「すまない、アリス嬢の可愛い姿に思わず感情が高ぶってしまった。今の言葉は聞き流してくれ」

そのまま私から離れようとするオリバー様。

ああ、どうしよう。オリバー様を喜ばせたくてした格好なのに、こんなことになるなんて。

「オリバー様!! 待って」

思わずオリバー様の服の裾を掴む。

誤解されたままなんて……そんなの嫌!!

「アリス嬢?」

「私、ネコミミは外します!!　でも、これだけは勘違いしないでほしいのです」

「勘違い?」

「私がこのネコミミを作ったのは、その……オリバー様に可愛いって思われたくて。以前、ネコミミを着けた時に褒めてくれたでしょ?　だから……」

ああ、ダメ。自分の言葉が急に恥ずかしくなってきた!!

顔が熱くなっていくのを感じて、思わず両頬に手を当てながら見上げると、耳まで真っ赤にしたオリバー様と目が合う。

そのまま無言で見つめ合っていると、ガチャッと扉の開く音とともに、セリーヌ様の声が響いた。

「アリス様、外の設置は大丈夫そうですか?」

ちょっと!?　今良いところなのに、タイミングが悪すぎなんですけど!?

「アリス様?　って、あれ、オリバー様が何故ここに?」

「あ、ああ。その……人手が足りないだろうと思って手伝いに来た」

オリバー様は私から身を離すとセリーヌ様と話し始める。

ああ、いい感じの雰囲気がすっかりどっかへ飛んで行ってしまったわ。

「そうだったのですね、ありがとうございます!!　あれ、なんだか二人とも顔が赤いですけど大丈夫ですか？」

ぎくっ⁉　そんなこといちいち気づかなくていいのに‼

「な、何でもないわ」

「そ、そうそう。何でもないぞ」

微妙な反応をする私たちに首を傾げるセリーヌ様。

「？　それならいいですけど。じゃあ、二人とも中の準備を手伝ってくれますか」

ほ。よかった、とりあえず話が逸れたわ。

「ええ、分かりました」

「おう、任せてくれ」

私とオリバー様はセリーヌ様の後に続く。

店内では大方の飾り付けは終わっており、イベント用に用意した品物を倉庫から出すところだった。

「ちょっと重いので皆で運びましょう」

すると後方にいたオリバー様が口を挟む。

「力仕事なら俺がやるから、それを貸してくれ」

オリバー様は品物の入った大きな袋をひょいと担ぎ、平然とした様子でセリーヌ様に指示を仰ぐ。

「これはどこに移動させればいい？」

「あっ。えーと、あちらの奥の棚に陳列するので、その辺りに置いていただけると助かります」

流石は脳筋騎士様。重そうな荷物をあんなに軽々と運べるなんて。

思いがけず男らしい姿を見て、また胸の奥がキュンと高鳴るのを感じる。

「あれ？　アリス様、ネコミミ外したのですか？　あと、また顔が赤くなっていますけど、本当に大丈夫ですか」

やっぱりネコミミのことを突っ込まれたか。本当のことを言うのは恥ずかしいし、適当に言い訳をしておこう。

「あ、えーと……作ったサイズが合わなくて外したの。顔が赤いのは気のせいよ、何でもないわ」

「それならいいですけど、無理はしないでくださいね」

「わ、分かったわ」

ああ、セリーヌ様がいると調子が狂うわ。

皆とともに黙々と作業を進めていき、全部の準備が終わる頃にはイベント開催時間が迫っていた。

「思ったより時間がかかったけど、間に合って良かったです」

準備が終わったことにホッとしたのか、安堵し切った様子のセリーヌ様。

ああもう、本番はこれからだってのに!!　気合いが足りないわね、全く。

気合いを注入すべく、バンバンとセリーヌ様の背を叩く。

「何言ってるんですか、本番はここからですよ。頑張っていきましょっ♡」

「イタッ!?　もう、アリス様、痛いじゃないですかぁ。ふふ、でも気合いが入りましたよ」

「でしょう？　ほら、外に列ができ始めたわよ♡」

「ああ、本当ですね。よし、みんな!! 今日一日頑張りましょうー!!」

セリーヌ様のかけ声に、従業員たちの士気が上がったようで表情が引き締まる。

「さて、列ができているので予定より少し早めにカフェスペースをオープンしましょう。では、扉を開けてきます!!」

セリーヌ様がカフェの扉を開けると、お客さんが次々と店内にやってきた。

「いらっしゃいませ、保護猫カフェにようこそ!」

「二名様ですね、こちらにどうぞ」

従業員たちと来客の声で店内が賑やかになる。

ぼさっとしていられない、私もオーダーを取ってこよう。

「お客様、ご注文はお決まりでしょうか」

「えっと、この『猫のしっぽ』って何ですか?」

「これはスティック状の焼き菓子になります。ほら、長細い形が猫のしっぽみたいに見えませんか?」

「ああ、なるほど。じゃあこの毛色がシロとかクロとかは」

「これは味になります。下に記載があって……」

「あ、これね」

「ここのオーナーが大の猫好きなこともあって、当店のスイーツはどれも猫にちなんだものになっています。私的には、こちらのお菓子も見た目が可愛くてオススメです♡ 味はどれも美味しいですよ♡」

「へぇ、そうなんですね。じゃあ、これと、これもお願いします」

「ありがとうございまぁす♡」

さりげなく客から追加注文をさせることに成功した私は、意気揚々とキッチンに戻る。

すると、オリバー様が感心した様子で私に話しかけてきた。

「凄いな、アリス嬢はウェイトレスの仕事もできるのか」

前世で飲食店のバイト経験もあるし、何より社畜だった私。

働くことが染みついているのか、考えるより先に身体が動いちゃうのよね。

「令嬢が働くなど、それだけで苦労が多いだろう。それにもかかわらず、弱音一つ吐かずに笑顔で仕事に取り組めるとは。アリス嬢は本当に献身的だな」

転生前の職歴がこんなところで役立つとは思ってもみなかったけど、オリバー様から褒められると、不思議と前世の社畜経験も無駄じゃなかったんだって思える。

「オリバー様ったら、買い被りすぎですわ。あ、テーブルに飲み物届けてきますね」

何となく照れ臭くなってしまい、働くふりをしてオリバー様から離れる。

そのまま目まぐるしく仕事をこなしていると、派手な格好をした客が人待ちの列を無視してこちらにやってくるのが見える。

まぁ、横入りしようとするなんて非常識だわ。ちょっと注意してこようかしら。

「あのぉ、お客様。今は満席で順番にご案内しています。列の最後尾に並んでお待ちください」

男女三人組の中の恰幅の良い男が、明らかに横柄な態度で私に話しかけてきた。

「随分と失礼な小娘だな。私がこんな列に並べると思っているのか」

服装から察するに、平民の中でも裕福な家庭のようね。

でも、順番待ちに身分や経済事情なんて関係ないわ。

「大変申し訳ありませんが、当店は身分に関係なくご利用いただける店となっております。そのため順番にご案内しておりますので、あちらでお待ちくださいませ」

丁寧な口調で再度お断りすると、男はチッと舌打ちして不機嫌な態度を露わにした。

「この店は融通が利かないな」

はぁ？　何なのこのオヤジ。さっきから偉そうにしちゃって、感じ悪いわね。

すると家族と思われる女と子供が口を開く。

「ねぇ、パパまだぁ？　待つのヤダー」

「そうよね、可愛い娘をこんな場所で待たせるなんて非常識だわ。ちょっと貴女、うちはそこら辺の貧乏人とは違うのよ。この子に何かあったら責任取れるの⁉」

はぁ⁉　さっきから何なの、この客は。

「あのですねぇ。さっきからご説明している通り、ここは誰でも利用できるお店なので、順番待ちをしていただかないと」

「アリス嬢、どうかしたのか」

半ば切れ気味に説明をしていると、背後から呼びかけられる。

振り向くと、心配そうな様子のオリバー様がいた。

「あ、オリバー様」

オリバー様は私の顔を見ると、どこか安堵した表情を浮かべる。

「店内からアリス嬢が話し込んでいる姿が見えたので、心配で様子を見に来た」

「そうだったのですね。すみません、ご心配をおかけしてしまったようで」

「何かあったのか？」

「えっと、実はこちらのお客様が順番待ちに同意していただけないので、説明をしていたところです」

オリバー様が近くにいた客に視線を移すと、男はビクッと身をすくませる。

「な、何だ。その……わ、分かったよ。並べば良いのだろう。ほら、二人とも、行くぞ」

「えーパパぁ」

「もう、貴方。全く、仕方ないわね。行きましょう」

大柄で威圧感のあるオリバー様に怯んだのか、その家族はしぶしぶといった様子で列の最後尾に並びに行く。

「オリバー様、ありがとうございます」

「いや、俺は何もしていないよ。それより、先ほどの者から危害などは加えられていないか」

「あ、はい。大丈夫です」

「それを聞いて安心した。見守りを含めて外の対応はなるべく俺がするから、アリス嬢は中にいてくれ」

オリバー様はそう言うと、私を店内まで優しくエスコートする。

客に絡まれてからすぐに来てくれたから、きっと私が外に出ている間ずっと様子を見てくれていたのだろう。

気にかけてくれていたのかと思うと、ちょっと嬉しい。

「あれ、アリス様。なんかにやにやしているけど、良いことでもありました？」

「えっ!?　う、ううん、何でもないわ」

まずい、思ったことがそのまま表情に出ていたのかしら。

内心焦りながら、声をかけてきたセリーヌ様に答えると、セリーヌ様は首を傾げつつカウンターにでき上がった料理を置いた。

「そうですか？　あ、これ三番テーブルに運んでもらってもいいですか」

「はぁい、任せて♡」

集中して仕事をしていると、先ほど揉めた客が店内にやってきた。

嫌だけど、一先《ひとま》ずオーダーを取りに行くか。

「ご注文はお決まりでしょうか」

私の顔を見ると、男はむすっとした様子でぶっきらぼうに注文をする。

「ふん、卑しい貧乏人が。これと、これ。あとはこの飲み物。分かったらさっさと持ってこい」

さっきから何なの、この男は。なんて横柄な態度なのかしら。

いけない、ここで変に態度に出して面倒事になるとまずいし、なるべく感情を「無」にして対応しよう。

「畏まりました」

一切の感情をシャットアウトして注文を受け、早々に立ち去る。

厨房でオーダーの紙を渡していると、何やら店内が騒がしくなる。

何かあったのかしら。

「お客様、勝手に入られては困ります!!」

「煩《うるさ》い奴だな。娘が喜んでいるのだからいいだろう」

従業員の子が困り果てた様子で先ほどの客に向かって訴えている。

あれ、先ほど一緒だった子供の姿がない……？

そう思っていると猫の「フギャーー!!」という声が聞こえてきた。

え!?　まさか……!!

嫌な予感がして猫たちの生活スペースに入る扉を開けると、目を疑う光景が飛び込んできた。

子供が怯えるトラを追いかけ回し、無理やり抱っこしようとしている。

トラは人懐っこい性格ではあるけど、見知らぬ人間からあんな風に扱われたら嫌がるに決まっている。

それに、猫の負担を考え、触れ合い時間など中でのルールは細かく決めており、客には事前に説明している、それにもかかわらず、ルールを無視して猫の負担も考えずに勝手な行動を取るなんて、いくら客でもこれは許せないわ!!

沸騰しそうな怒りを抑えつつ、足早に子供の近くへ移動する。

「ちょっと君、今すぐここから出て行きなさい」

「えーー？　でもパパが入っていいって言ったもん」

「貴女のお父さんはそう言ったかもしれないけど、今は猫の休憩時間中なの。それに無理やり猫ちゃんを追いかけ回すなんて絶対にしちゃいけないのよ。今すぐここから出なさい」

「お姉ちゃん、コワーーイ。じゃ、パパに言ってこの猫買ってもらうからいいもん。そうしたら何してもいいでしょ」

はぁ!?　何なのこの子供!!　全然話を聞いていないどころか、トラを「買って何してもいい」ですって!?

親が親なら子も子だわ。命を何だと思っているの!!

「……ざけんな」

「は？」

「だから、ふざけんなって言ったんだよ。命を何だと思ってんの!?」

ちょうど私が声を荒らげたタイミングで扉が開く。

「楽しんでいるかしら」

「うむ、そうだな」

脳天気に入ってきた子供の両親は、ただならぬ空気を察したのか、すぐさま子供に駆け寄る。

「まぁ、娘に向かって怒鳴るなんて!!」

「この子は、ここのルールを守らずに猫に酷いことをした挙句に『この猫を買うから好きにしていいでしょ』って言ったのよ!? あまりに猫たちをバカにしているわ」

私の言葉を聞いた父親は凄い剣幕で私を突き飛ばした。

「きゃっ!?」

「貴様、我々に向かってなんて口の利き方だ!!」

後ろに倒れた私に向かって男は拳を振り上げる。

あ、殴られる!!

思わず目を瞑《つむ》ると「クッ!!」という男の苦しそうな声が聞こえた。

「アリス嬢に何をしている」

この声は……

「お前が手を上げようとしたお方は男爵家のご令嬢だ。お前たちは貴族ではないだろう」

目を開けると、オリバー様が男の手首を捻るように掴んでいた。

男は、痛みに耐えているのか、苦悶の表情を浮かべている。

「貴方!?」

「パパぁ!!」

オリバー様の言葉を聞いた男は焦った様子で口を開く。

「だ、男爵令嬢⁉　そ、そいつは大変申し訳ありませんでした……っ‼　どうか処罰だけは」

オリバー様は男の言葉を遮るように私に話しかける。

「アリス嬢、怖かっただろう。今、この者たちを追い出してくる」

「待ってくれ、どうか話だけでも」

オリバー様はそのまま男を強引に連れ出し、母と娘も後を追って店を出ていく。

すると、騒ぎを聞きつけたのか、セリーヌ様が慌てた様子で中に入ってきた。

「アリス様、大丈夫ですか⁉」

「ええ、オリバー様が庇ってくれたので大丈夫よ」

セリーヌ様は私の安否を確認すると、力強く抱き締める。

「ああ、無事で良かった‼　ごめんなさい、すぐ騒ぎに気づくことができなくて」

「うぐっ⁉　セ、セリーヌ様、苦しい」

何なのこのバカ力は⁉　ちょっと加減して⁉

思わずセリーヌ様の背をバンバン叩くと、セリーヌ様は「ああ、アリス様ごめんなさい、つい‼」と謝罪しながら力を緩める。

「ゴホッゴホッ……い、いいのよ、私もお客相手についカッとなってしまって暴言を吐いてしまったし。こちらこそ大事《おおごと》にしてごめんなさい」

「いきさつは従業員の子から聞きました。身を挺して猫様を守ろうとしたアリス様は悪くないです‼　だから、自分を責めないでください」

「でも、せっかくのイベントに水を差したのは事実だわ」

「幸いお客様から見えない場所でしたし、オリバー様が早々に対応してくれたお陰で騒ぎも大きくなっていないので、アリス様が気に病む必要はないです。それよりも、アリス様が心配です。顔色があまり良くないですし、この後は無理せず休んでください」

「え、でも人手が」

「ちょうどマクシム様が到着して、イベントを手伝っていただけることになったので大丈夫です。後のことは気にせず、どうかご自身を大事にしてください」

「セリーヌ様……」

ガチャッと扉の開く音が聞こえると、オリバー様とマクシム様が入ってきた。

「アリス嬢、セリーヌ嬢、先ほどの者は騎士団に引き渡したからもう大丈夫だ」

「オリバー、先ほど伝えた通り、後は僕が手伝いをするからアリス嬢を送ってあげてほしい。さ、セリーヌ嬢、行きましょう」

「はい!! オリバー様、アリス様をよろしくお願いします」

「ああ、責任を持って送り届けよう。じゃあアリス嬢、行こうか」

瞬く間に帰宅が決まった私は、オリバー様に優しく手を引かれ、保護猫カフェ近くに停めてある馬車に乗り込む。

ああ、何だか皆に気を遣わせてしまって申し訳ない。

「経緯は聞いたが、アリス嬢は何も悪くない。だから、その……そんな表情をしないでほしい」

いけない、思ったことが顔に出てしまっていたみたい。

「君のしたことはとても勇気ある行動だ。非力な令嬢にもかかわらず、あのような行動を起こせる者など、まずいないだろう。俺は、君のその勇敢さに敬意を抱く。だが……」

オリバー様はそっと私の手を取り、私を見つめる。

ああ、その目で見られるとダメ。ドキドキが止まらない。

「どうか、危険なことはしないでほしい。君に何かあったらと想像するだけで胸が苦しくなる」

射貫くようなその瞳から、目が離せない。

「君がどこから来たのか、過去に何があったのか、俺は詳しくは知らない。だが、君の優しさや勇敢さ、時折見せる無鉄砲さやハッキリ物事を言うところ、そして時に周りを振り回す天真爛漫さも好ましく思う。それら全部含めて、君が好きだ」

ああ、オリバー様は今まで何も言わなかったけど、きっとクリス殿下やマクシム様から、私の前世や転生後の騒動について聞いているのだろう。

私の嫌なところまで知ったうえで、全てを受け入れようとしてくれている。

「今すぐに返事が欲しいとは言わない。だが、少しずつで良い。俺を恋人候補として見てもらえたら嬉しく思う」

どうしよう、凄く嬉しい。

ああ……気づいちゃった。私、オリバー様のことが好きなんだわ。

「オリバー様……私も。貴方のことが、好」

「ニャン」

え？　ニャン？

声のする方を見ると、フワフワの毛が見える。この姿は……!!

「猫!?」

「見覚えのない柄だな。もしかしたら迷い猫か？」

「まぁ、大変!!　急いで保護猫カフェに戻らないと」

猫の登場により、恋愛ムードがすっかりなくなってしまった私たち。

この後、また保護猫カフェでひと騒動あるのだけど、私たちの恋路がどうなったかは……うふふ、ご想像にお任せしまぁす♡

新＊感＊覚ファンタジー！

Regina レジーナブックス

スパイな幼女の、
波乱万丈チートライフ！

転生赤ちゃんカティは諜報活動しています

～そして鬼畜な父に溺愛されているようです～

れもんぴーる

イラスト：椀田くろ

目が覚めると、赤ん坊に転生していたカティ。宰相のエドヴァルドに拾われることに。優しいパパが出来た⁉　と思ったのも束の間、彼は言葉を理解するカティにスパイのいろはを叩き込み始める。「この鬼畜！」と思いつつも、高速ハイハイで移動して、キュートな赤ちゃんとして愛されながら諜報活動。あれ、これって最高では――？愛され赤ちゃん、時々スパイなカティの大冒険、待望の書籍化！

詳しくは公式サイトにてご確認ください。

https://www.regina-books.com/

携帯サイトはこちらから！

この作品に対する皆様のご意見・ご感想をお待ちしております。

おハガキ・お手紙は以下の宛先にお送りください。

【宛先】

〒150-6008 東京都渋谷区恵比寿4-20-3 恵比寿ガーデンプレイスタワー 8F
（株）アルファポリス　書籍感想係

メールフォームでのご意見・ご感想は右のＱＲコードから、
あるいは以下のワードで検索をかけてください。

アルファポリス　書籍の感想　検索

ご感想はこちらから

本書は、「アルファポリス」（https://www.alphapolis.co.jp/）に掲載されていたものを、
改題、改稿、加筆のうえ、書籍化したものです。

ダサいモブ令嬢《れいじょう》に転生《てんせい》して猫《ねこ》を救《すく》ったら
鉄《てつ》仮面《かめん》公爵様《こうしゃくさま》に溺愛《できあい》されました

あさひな

2023年 11月 5日初版発行

編集－大木 瞳
編集長－倉持真理
発行者－梶本雄介
発行所－株式会社アルファポリス
〒150-6008 東京都渋谷区恵比寿4-20-3 恵比寿ガーデンプレイスタワー8F
TEL 03-6277-1601（営業） 03-6277-1602（編集）
URL https://www.alphapolis.co.jp/
発売元－株式会社星雲社（共同出版社・流通責任出版社）
〒112-0005 東京都文京区水道1-3-30
TEL 03-3868-3275
装丁・本文イラスト－みつなり都
装丁デザイン－AFTERGLOW
（レーベルフォーマットデザイン—ansyyqdesign）
印刷－中央精版印刷株式会社

価格はカバーに表示されてあります。

落丁乱丁の場合はアルファポリスまでご連絡ください。

送料は小社負担でお取り替えします。


ISBN978-4-434-32837-4 C0093